Gemma

COLECCIÓN

CUATRO AMIGOS Y MEDIO

El caso del calcetín apestoso

edebé

Joachim Friedrich

El caso del calcetín apestoso

edebé

Para el obispo de Fanø.
¡No te olvidaremos!

Título original: 4 1/2 *Freunde und die Spur der stinkenden Socke*

Paseo de San Juan Bosco, 62
08017 Barcelona
www.edebe.com
www.cuatroamigosymedio.com

Directora de la colección: Reina Duarte
Ilustraciones: Mikel Valverde
Traducción: Ursula Barta

1ª edición: octubre 2007

ISBN 978-84-236-8368-0
Depósito Legal: B. 33202-2007
Impreso en España
Printed in Spain
EGS – Rosario, 2 – Barcelona

Índice

Encuentro 1:
Papá Noel hace vacaciones en verano

Charly, nuestro jefe, se apoyaba en la borda y miraba la isla a la que se acercaba el ferri.

—Una isla —dijo en voz baja, y yo me pregunté si estaba hablando con los peces—. Una isla es el lugar perfecto para un crimen.

—¡Eh, tío, eh! —chilló Fede—. ¿Qué dices? ¿La isla del crimen? ¿Es una película? En el *camping* seguro que no hay tele.

Charly se volvió hacia Fede y, bastante alterado, torció los ojos.

—¡Película! ¡Tele! —suspiró—. ¡Por favor, Fede! ¡Me refiero a la realidad! ¡A la vida misma!

—¡Eh, tío, eh! —volvió a chillar Fede—. ¡A ver si la próxima vez te explicas mejor!

—¿Acaso vais a volver a pelearos? —se entrometió mi hermano mellizo Rabanito—. ¡Estamos de vacaciones! ¡Hay que estar de buen humor! ¿Entendido?

—¡Vacaciones! —suspiré—. ¡Dos semanas con «Gran Siggi» en el mismo *camping!* Para mí, eso no tiene nada que ver con unas vacaciones…

—Deja ya de quejarte, Estefi —me bufó Charly—. Tendremos que hacer lo que podamos. No nos queda más remedio.

—¿Y qué es lo que podemos hacer? —repliqué.

Rabanito me dio un golpecito.

—Vaya pregunta más estúpida, hermanita —dijo, esbozando una sonrisa—. Perseguir criminales, naturalmente. ¡Agencia de detectives Charly & Company, siempre a su disposición!

—Claro que sí —dijo Charly—. No es necesario que os riáis tanto. Debemos estar siempre disponibles. Al fin y al cabo, los gángsteres tampoco hacen

vacaciones. ¡Un detective de verdad nunca hace vacaciones! Y si...

—¡Papá! ¡Papá! —interrumpió una voz chillona a Charly, el jefe de Charly & Company.

Durante el viaje en tren, esa voz ya nos había sacado de quicio en más de una ocasión. Pertenecía a Siegbert, el hijo de «Gran Siggi», y al que, para mayor fortuna, llamaban Berti.

—¿Qué te pasa, hijo? —resonó la voz de «Gran Siggi» en la cubierta del ferri.

Me preguntaba seriamente cómo era posible que nuestro tutor, el señor Schlüter, al que todos llamamos «Gran Siggi» debido a que casi es tan ancho como largo, tuviera un hijo con esa voz tan chillona.

—¡Ese estúpido perro se me ha meado encima! —dijo Berti lloriqueando.

Hasta ese momento, Fede, medio dormido, había estado apoyado en la borda dejando que el viento le soplara en la cara. Pero se despertó de golpe con lo de «estúpido perro», pues seguro que Berti se refería a Precioso, nuestro perro.

—¡Eh, tío, eh! Precioso no es ningún...

En ese instante, un largo y prolongado silbido interrumpió la protesta de Fede.

—¡Precioso! —dijo Charly, dando un fuerte suspiro—. ¡Otra vez no, por favor!

Pero entonces lo vimos. Uno de los miembros de la tripulación sujetaba con el brazo extendido a nuestro pequeño perro, que silbaba y pataleaba.

El porqué de los silbidos de Precioso probablemente se debe a un hueco que tiene en su dentadura. Y no sólo le faltan algunos dientes sino también media oreja. En realidad, es bastante feo, como una escobilla de váter. Por eso le llamamos Precioso, para que, por lo menos, el nombre lo tenga bonito.

—¿Es vuestro el *pirro?* —nos preguntó el tripulante, con su divertido acento danés—. Se ha hecho pipí sobre coche *ponito*.

Fede cogió a Precioso en brazos.

—¡Eh, tío, eh! —dijo en voz baja—. Perdón. No volverá a ocurrir.

El hombre dirigió una sonrisa a Fede, movió la cabeza en señal de desaprobación y volvió a su trabajo.

Nuestro tutor, sin embargo, no había terminado aún con Precioso. Se plantó frente a Fede de cuerpo entero mientras Precioso silbaba a toda máquina.

—¿En qué diablos estaría pensando al consentir que os trajeseis el perro?

Nuestro tutor frunció el ceño. ¡No era una buena señal!

—Fede, vigila bien al perro —dijo casi susurrando—. Si no, estas dos semanas no serán en absoluto divertidas para vosotros.

—¡Eh, tío, eh! Quiero decir, sí, señor Schlüter.

—¿Eso es todo? —chilló Berti, cuando parecía que su padre ya había acabado.

—¡Sí, eso es todo! —increpó «Gran Siggi» a su hijo—. Y dile a mamá que lave tus pantalones antes de que apesten.

—¿Pero cómo hemos podido ser tan idiotas y venir a este campamento? —suspiró Rabanito, cuando «Gran Siggi» desapareció de nuevo de cubierta.

De hecho, la culpa la tenían nuestros padres. Para ser exactos, la última reunión, antes de las vacaciones, de padres de alumnos. Allí, «Gran Siggi» había contado que él y sus amigos del club de excursionistas «Los Marchosos, S.L.» organizaban cada año un campamento en la isla danesa de Fanø. Allí, los jóvenes de la ciudad debían aprender a respetar la naturaleza.

En consecuencia, nuestros padres nos habían inscrito inmediatamente en dicho campamento a Rabanito y a mí, puesto que pensaban que pasábamos demasiado tiempo y con demasiada frecuencia frente al ordenador o al televisor. Decir a nuestros padres que ellos hacían exactamente lo mismo cada día no fue un argumento válido para ellos. Por otro lado, los demás miembros de la agencia de detectives Charly & Company, como Charly llama siempre a nuestra pandilla, no salieron mejor parados. Puesto que la madre de Fede no tenía dinero para irse de vacaciones, la oferta económica de Los Marchosos le vino de perlas e inscribió a su hijo rápidamente. Y como Charly no tenía ganas de quedarse solo, finalmente, se inscribió también, pero mucho menos espontáneamente.

Al principio nos extrañó que «Gran Siggi» permitiera que nos lleváramos a Precioso. No obstante, ahora podía imaginarme por qué nuestro tutor había sido tan generoso. Seguramente se temía que sin Precioso no hubiéramos venido. Y entonces lo del campamento hubiera salido mal, puesto que, aparte de nosotros, sólo se habían inscrito cuatro niños más. Y dos de ellos eran los hijos mayores de nuestro tutor. Además de Berti, «Gran Siggi» tenía una hija. Su nombre era Sieglinde, pero todos la llamaban Lindi. Las otras dos eran: Kitty y Kathy, dos chicas de nuestro curso.

El ferri atracó con una fuerte sacudida. Berti tropezó con su mochila y aterrizó en la cubierta boca abajo chillando a grito pelado.

—¡Hijo! —le gritó «Gran Siggi» a su retoño—. ¿Cómo puedes ser tan patoso?

Lindi agarró a su hermano y lo levantó.

—Pequeño torpe —dijo—. Si sigues así, pronto tendré que darte la comida.

Berti se soltó de su hermana.

—¡Idiota!

—¡Siegbert! —tronó de nuevo la voz de «Gran Siggi»—. ¡Nada de palabrotas!

—Pero si nuestro pequeño Berti sólo se defendía —intervino la señora Schlüter.

—No me apetece discutir esto ahora —jadeó nuestro tutor.

—¡Eh, tío, eh! Empezamos bien —me dijo Fede en voz baja—. ¿Y a esto lo llaman vacaciones?

—Mientras sólo se meta con sus hijos y no con nosotros, no tengo nada en contra —dijo Charly.

El lugar donde el ferri había atracado se llamaba Nordby. Por lo que pude juzgar, a primera vista parecía bastante agradable y tentador.

Cerca del puerto había un gran aparcamiento que «Gran Siggi» observaba con insistencia. Finalmente, un hombre se dirigió hacia nosotros saludando calurosamente con la mano. Llevaba el pelo bastante largo recogido en una cola y una barba blanca muy poblada.

—¡Eh, tío, eh! —dijo Fede en voz baja—. Papá Noel hace vacaciones en verano.

—¡Xaver! —dijo «Gran Siggi», al descubrir al hombre—. ¡Por fin, mi gran amigo de Baviera!

—*Hallo!* ¡No es para tanto! —dijo el Papá Noel de verano—. ¡El coche no arrancaba, hizo el tonto!

—Vaya —dijo Rabanito en voz baja—. El Papá Noel es de Baviera.

—¡Eh, tío, eh! ¿Pero qué demonios está haciendo precisamente aquí?

—Hay algo que me interesa muchísimo más —dijo Charly.

Comprendimos mejor lo que quería decir cuando nos sentamos, muy apreta-

dos, entre nuestro equipaje en el minibús desvencijado de Xaver.

No sé cómo se las había ingeniado Charly para conseguir sentarse en el asiento del copiloto, al lado del Papá Noel bávaro. Rabanito y yo nos colocamos detrás de él.

De repente, Charly tenía su cuaderno de notas entre las manos. Y lo que eso significaba lo sabíamos muy bien: nuestro jefe estaba buscando un nuevo caso.

—¿Ha visto últimamente algo raro en la isla? —le preguntó a Xaver enseguida.

Éste, sorprendido, miró a Charly brevemente.

—¿Cómo?

—Pues... crímenes sin resolver por ejemplo, o personas sospechosas.

—¡Excepto yo, en Fanø no hay personajes sospechosos! —dijo Xaver, riéndose tan fuerte que Charly, del susto, dejó caer el cuaderno al suelo.

Lo cogió y lo guardó de nuevo en su bolsa. Probablemente tenía miedo de hacer un ridículo total.

—¿Vive en la isla durante todo el año? —preguntó Rabanito.

—*Hallo!* —volvió a decir Xaver—. Los países nórdicos siempre me atrajeron y un buen día seguí mi corazón hasta llegar aquí, el sitio que estaba destinado para mí.

—¿Y el sitio es éste? —le pregunté.

Xaver se golpeó el pecho con el puño.

—¡Me llamo Xaver Hinterhuber! ¡Y soy de Baviera! ¡Pero mi corazón me dice que soy vikingo!

—¡No sólo es de Baviera sino que también está completamente chiflado! —me dijo mi hermano en voz baja.

Además de «Gran Siggi» y su mujer, también nos acompañaban el señor y la señora Machwitz. Habíamos averiguado que eran unos amigos excursionistas de «Gran Siggi». Lo que tenían en común con nosotros era el hecho de acompañar a nuestro tutor por primera vez a un campamento.

Durante el viaje en tren, el señor Machwitz estuvo en nuestro compartimento sin pronunciar palabra. Ni siquiera movió un músculo de la cara. Entonces me di cuenta de que el señor Machwitz seguro que hacía y decía muchas cosas, menos chistes, claro.

Pero ahora, para nuestra sorpresa, estaba abriendo la boca para decir algo.

—Pe... —llegó a decir únicamente porque su mujer le interrumpió enseguida.

—¿Pero a qué se dedica? —preguntó a Xaver.

—Bueno. Tenía algunos ahorros. Alquilé un terreno y abrí un *camping*.

De nuevo, el señor Machwitz quería decir algo.

—Seg...

—Seguramente se trata del *camping* donde vamos a alojarnos, ¿o no? —le interrumpió de nuevo su mujer.

—Así es —contestó «Gran Siggi» en lugar de Xaver—. El señor Hinterhuber ha sido tan amable de dejarnos cuatro tiendas a muy buen precio.

—Bueno. No hay de qué. Al fin y al cabo también soy miembro de un club de excursionistas, el de las «Pantorrillas Vikingas, S.L.».

El señor Machwitz volvió a intentarlo.

—No...

—No lo conocemos —le interrumpió su mujer por tercera vez.

—Bueno, de hecho soy el único miembro.

—Ba...

—¡Bastante solitario siendo el único excursionista! —dijo la señora Machwitz riendo—. ¡Mi marido, a veces, hace unos chistes muy buenos!

—No es de extrañar que durante el viaje en tren el señor Machwitz no dijera ni mu —susurró Rabanito—. Si yo tuviera una mujer tan habladora, tampoco abriría la boca.

—Tenlo en cuenta a la hora de casarte —respondí.

Miré por la ventanilla. Si debía pasarme dos semanas en un campamento con esos tíos, tenía que buscar la parte positiva. Y ésta, sin duda alguna, tenía que encontrarse más allá del minibús de Xaver.

La isla era mucho más grande de lo que había imaginado. Ahora mismo pasábamos por un bosque tan grande y frondoso como nunca me hubiera esperado en una isla del Mar del Norte. Además, «Gran Siggi» había contado a nuestros padres que en la isla había una playa de arena muy ancha y muy larga. La esperaba lo suficientemente ancha para poder estar sola de vez en cuando.

El *camping* de Xaver estaba en el otro lado de la isla, cerca de un pequeño y viejo pueblo de pescadores que se llamaba Sønderho.

Si Nordby ya me había gustado mucho, Sønderho era para morirse. Exactamente así me había imaginado siempre un pueblo de pescadores: unas casas bajitas con tejado de paja, callejones estrechos y un pequeño puerto. Al parecer, Fanø me compensaba el tener que pasar dos semanas con mi tutor, su familia y sus amigos excursionistas en un *camping*. El *camping* quedaba escondido entre los árboles, pero tan cerca de Sønderho que, tranquilamente, se podía ir a pie al pueblo de pescadores.

Xaver había reservado dos tiendas de cuatro plazas y dos de dos plazas. Con ello, no hubo duda respecto a la distribución: para los chicos una tienda de cuatro plazas, para las chicas lo mismo, y las tiendas de dos plazas para los adultos.

Primero tocaba deshacer los equipajes. Kitty y Kathy entraron primero en nuestra tienda.

—¿Dónde queréis dormir? —preguntó la hija de «Gran Siggi» a las dos amigas.

—Juntas —contestaron a la vez.

No me extrañaba en absoluto. A pesar de no tener mucha relación con la gente de la otra clase, Kitty y Kathy me habían llamado la atención en varias ocasiones durante el recreo. Siempre se las veía juntas, llevaban la misma ropa, hablaban de la misma manera e incluso tenían la misma forma de andar. Si una de ellas no hubiera sido alta y rubia; y la otra, bajita y morena, hubieran pasado perfectamente por gemelas.

—Quiero decir, ¿en la entrada o en el fondo de la tienda? —suspiró Lindi.

—¡Nos da igual! —volvieron a decir al unísono.

Lindi me miró brevemente y bizqueó.

Para compensar, los chicos tuvieron que cargar con Berti. Le tocó dormir en el extremo de la tienda.

—Él solito ha elegido el sitio —dijo Charly.

Pero no lo creí del todo.

Fede se estiraba y se desperezaba.

—¡Eh, tío, eh! ¡Aire fresco! ¡Es total! Y ahora, ¿qué hacemos?

—¡Ir a la playa! —dijo Rabanito—. ¡Dicen que es superguay!

—Sí que lo es —dijo Lindi—. ¡Increíblemente grande!

—¡Eh, tío, eh! ¿Por qué no preguntamos a «Gran Siggi» si podemos ir a ver la playa?

Típico de Fede. Le miré e intenté hacerle entender discretamente a quién tenía a mi lado. Tardó bastante en comprender.

—¡Eh, tío, eh! Claro, quería decir que por qué no preguntamos al señor Schlüter si podemos ir a ver la playa.

Lindi esbozó una gran sonrisa.

—No te preocupes. Yo también lo llamo así en secreto.

—No, os lo prohíbo —dijo «Gran Siggi» cuando se lo preguntamos, y una vez hubo olfateado el aire—. Está apareciendo la niebla.

—No se preocupe, señor Schlüter, tendremos cuidado —dijo Charly rápidamente—. El sentido de la orientación es una característica importante en los detectives.

«Gran Siggi» lanzó un suspiró mirando al cielo. No era de extrañar, puesto que Charly ya le había sacado de quicio muchas veces con sus «crímenes».

—Vaya, me alegro —se limitó a decir entonces—. Pero no os moveréis de aquí.

—¡Papá! —intervino Lindi—. No nos meteremos en el agua. ¡Te lo prometemos! Con este tiempo, se puede observar superbién a los pájaros. Tal vez incluso veamos una foca.

Nuestro tutor miró a su hija y respiró profundamente.

—Está bien —dijo entonces, con una especie de sonrisa satisfecha—. Pero tened en cuenta, por favor, que en el mar, uno se equivoca fácilmente con las distancias. Ésa ha sido la perdición de muchas personas negligentes.

Con esas palabras tranquilizadoras, «Gran Siggi» nos despidió para ir a nuestro primer encuentro con la playa de Fanø.

La playa era mucho más ancha de lo que me había imaginado. Si no hubiéramos visto el mar a lo lejos, la habríamos podido tomar por el desierto.

—¡Incluso hay coches! —dijo Rabanito—. ¿No está prohibido?

—En la mayoría de las playas, sí, pero aquí no —dijo Lindi—. Al otro lado, incluso pasa el coche de línea por la playa. A mí, francamente, no me gusta demasiado, pero hay sitio suficiente. Por eso, las playas, afortunadamente, nunca están llenas, ni siquiera durante las vacaciones de verano.

Tenía toda la razón. Las únicas personas que descubrí estaban muy lejos y parecían las fichas de un parchís.

Nos paseamos por la playa, cogimos conchas, lanzamos piedras al mar y dejamos que el viento nos diera en la cara. Fede intentó convencer a Precioso para que nadara en el agua, pero ya debería conocer mejor a nuestro pequeño perro y su miedo al agua. Cada vez que Fede se acercaba al agua con Precioso en brazos, éste soltaba un largo silbido prolongado gracias al hueco de su dentadura.

—¡Estefi, mira, mira! —dijo Charly de repente agarrándome tan fuerte del brazo que por poco me caigo al agua.

—¿Estás loco? —le bufé—. No tengo ganas de darme un baño.

Pero a Charly no le interesaba lo que yo decía. Se movía nerviosamente de un lado a otro señalando al mar, donde la niebla había formado densos velos.

Encuentro 2: Cuatro tubas en la hoguera

De aquello que Charly había descubierto allá lejos, mar adentro, apenas se distinguía una sombra, pero fue suficiente para que nos sacudiera un fuerte escalofrío. Por un momento, la forma se dibujó con un poco más de claridad, luego volvió a desdibujarse y, finalmente, desapareció por completo en la espesa niebla.

Estaba segura de que se trataba de una persona. Por lo menos así me lo había parecido. Llevaba algo en la cabeza y un abrigo o una capa larga. No obstante, lo más raro o lo más misterioso era que llevaba un larguísimo bastón. La misteriosa persona se había apoyado en el bastón y andaba o flotaba despacio con el cuerpo inclinado. A la distancia que me encontraba, no podía verlo con mucha precisión.

—¡Mierda! —dijo Charly—. ¡Ha desaparecido! ¡Hola! ¡Hola! ¡Vuelva, señor, por favor!

—¿Estás loco? —le bufó Rabanito—. ¿Para qué quieres que vuelva? ¡Estoy contento de que ya no esté!

—¡Eh, tío, eh! ¿De dónde sacas que era un hombre? Podría tratarse también de una mujer.

—Como quieras —dije—. Pero no tengo muchas ganas de volver a ver esa figura misteriosa. Además, tenemos que regresar al *camping*. La niebla se está volviendo cada vez más espesa.

Cuando empecé a pensar que me tocaba pasar la noche en una tienda expuesta a las corrientes

de aire, con la niebla húmeda metiéndose en mi saco de dormir y, para colmo, con unas figuras misteriosas que avanzaban a hurtadillas por el *camping*, no me puse precisamente de muy buen humor.

Sin embargo, en el *camping* nos esperaba una agradable sorpresa: Xaver había preparado una hoguera para, según dijo, darnos la bienvenida.

Nos sentamos alrededor de la hoguera y asamos a la parrilla unas salchichas danesas. Es cierto que tenían un color un tanto raro pero eran muy sabrosas.

Charly estaba sentado a mi lado y, ausente, masticaba la salchicha roja como si fuera una zanahoria.

—¿No te gusta? —le preguntó Xaver preocupado.

Charly se sobresaltó.

—¿Cómo? Eh, no. Quiero decir, ¡sí! Sólo estaba pensando en una historia misteriosa —añadió.

—¡Charly! —retumbó la voz grave de «Gran Siggi», por encima de la hoguera, de modo que el fuego llameó del susto—. ¡Por favor! ¡Estamos de vacaciones! ¡Quiero decir, que yo estoy de vacaciones!

También nuestro tutor había sufrido las manías de Charly más de una vez, porque nuestro jefe cree que, en cualquier esquina, se esconde «una historia enigmática» o un «caso sin resolver».

—Pero, cariño, ¿qué te pasa? —le preguntó su mujer, con cara de ángel—. ¿Por qué no dejas que el chaval lo cuente?

—No lo conoces tan bien como yo —jadeó «Gran Siggi».

El señor Machwitz respiró hondo.

—Una...

—¡Una buena historia, en la hoguera! También nos gustaría escucharla —dijo la señora Machwitz.

—*Hallo!* —intervino Xaver finalmente.

Entonces Charly ya no se cortó. Habló de nuestro encuentro con la figura en la niebla. Cuando yo vi a esa figura, tampoco me sentí muy bien, pero tal y como Charly la estaba describiendo parecía que nos habíamos encontrado con los mismísimos Drácula, Frankenstein y Godzilla a la vez.

—¿Pero quién era ese tío tan raro? —preguntó la señora Schlüter entonces.

Xaver se acercó un poco más a la hoguera y abriendo mucho los ojos nos miró de uno en uno.

—*Hallo!* Se trata del obispo de Fanø —dijo finalmente, y su voz se transformó en un susurro apenas audible.

Sorprendido, el señor Machwitz se lo quedó mirando.

—Hay…

—¿Hay un obispo por aquí? —preguntó la señora Machwitz.

—Oh, no —susurró Xaver —. La gente sólo lo llama así porque se apoya en un bastón que parece un báculo pastoral.

—¡Es verdad! —dijo Rabanito—. ¡Nosotros también lo vimos!

—Hay mucha gente que lo ha visto —continuó Xaver—, siempre muy temprano por la mañana, o a última hora de la tarde, o con niebla. No obstante, nunca nadie ha hablado con él. En cuanto te acercas demasiado, desaparece rápidamente, como si se lo tragara el mar.

—¡Se lo tragó el mar! —interrumpió Charly—. ¡Claro que sí! ¡Nunca mejor dicho!

—*Hallo!* —dijo Xaver y torció los ojos—. Mucha gente piensa que se trata de un fantasma —continuó entonces, en voz baja y vibrante, como si el fantasma le estuviera pisando los talones—. El fantasma de un viejo guerrero vikingo que busca con su gran bastón los cadáveres de sus compañeros ahogados en el mar. *Hallo!*

Kitty y Kathy gritaron de miedo.

—¡Xaver! ¡Por favor! —chilló la señora Schlüter.

—No...

—No es una historia de buenas noches muy bonita —dijo la señora Machwitz—. De todas formas, yo suelo dormir bastante mal.

—¡Exacto! —dijo el señor Machwitz, con lo que su mujer se quedó patidifusa.

—¡Es lo que queríais! —dijo «Gran Siggi»—. Así que, no hay que quejarse.

Xaver soltó una carcajada.

—¡Bueno! ¡No tengáis miedo! ¡El fantasma vikingo sólo hurga con el bastón en el mar, las tiendas no le interesan!

No esperaba menos porque no tenía ni las más mínimas ganas de recibir una visita nocturna.

«Gran Siggi» se levantó y dio unas palmadas.

—¡Basta ya de historias de terror! ¡Ahora vamos a dedicar a Xaver un saludo musical de bienvenida! ¡Niños! ¡A buscar los instrumentos!

—¡Qué guay! —dijo Charly—. ¡La hoguera y las guitarras!

—No creo que «Gran Siggi» toque precisamente la guitarra —repliqué.

—¡Eh, tío, eh! —dijo Fede—. ¡Él toca la tuba!

—¡Y no es el único! —suspiró Rabanito—. ¡Lo hace toda la familia!

La familia Schlüter no tardó mucho en acomodarse alrededor de la hoguera, cada uno con la tuba entre sus brazos: a mano izquierda, papá Schlüter; a la derecha, mamá Schlüter; y en el centro, Siegbert y Sieglinde.

De repente, Fede se estremeció.

—¡Eh, tío, eh! ¿Dónde está Precioso?

La predilección de Precioso por la música de tuba casi nos mete en un gran lío el día que queríamos descubrir un escándalo medioambiental durante nuestra fiesta escolar. Ese día nos enteramos también de la predilección por la música de la familia Schlüter.

—¿Qué vamos a tocar? —preguntó «Gran Siggi», dirigiéndose a su familia.

—Decídelo tú, cariño —respondió su mujer.

—Sí, dilo tú, papá —respondieron sus hijos.

«Gran Siggi» carraspeó como si hubiera estado esperando esa respuesta.

—De acuerdo. Entonces propongo *Der fröhliche Wandersmann!* ¡Un-dos-un-dos-tres y…!

Apenas resonó el primer sonido de tuba por el *camping* cuando nuestro perro vino a toda pastilla, se sentó al lado de «Gran Siggi», levantó su oreja y media y comenzó a aullar enérgicamente. Aullidos que alternaba de vez en cuando con unos silbidos que salían de su diente mellado. Pero, al parecer, eso no molestó al grupo musical de «Gran Siggi», puesto que continuaron tocando sin piedad alguna.

Estábamos en un *camping* danés de un vikingo de Baviera, escuchando canciones para excursionistas interpretadas por cuatro tubas y los aullidos enérgicos de nuestro perro y comiendo salchichas rojas a la parrilla. De hecho, el lado romántico de las hogueras siempre me lo había imaginado diferente.

Pero incluso eso llegó a su fin y pudimos irnos a la cama, mejor dicho, a nuestro saco de dormir.

—¡Qué música más guay! —dijo Kathy, esbozando una sonrisa, cuando Lindi y yo pasábamos a cuatro patas por delante de ella para llegar a nuestros sacos.

Lindi la miró brevemente.

—Es verdad. Lo que más me gusta es practicar por las noches. ¿Queréis que vaya a buscar mi tuba? Os podría tocar algo más.

—Eh, no —balbuceó Kathy.

Puesto que a las dos amigas les gustaba untarse mutuamente el cabello con gomina sin dejar de graznar y de reír, Lindi y yo pudimos charlar un poco más sin que nos oyeran.

—¿Cuántas veces has venido ya aquí? —pregunté a la hija de «Gran Siggi».

Lindi se encogió de hombros.

—Todos los años. Desde que nací. Y siempre al mismo *camping*. Mis padres incluso vinieron cuando mi madre estaba embarazada de mí. Pero no importa. Me gusta todo esto. Aunque cada año vienen menos niños. No sé por qué.

Preferí abstenerme de cualquier comentario.

—¿Crees que hay algo de verdad en la historia del obispo? —pregunté cambiando de tema.

—No —dijo Lindi con una gran sonrisa—. Es tan sólo la típica historia de Xaver. Aprovecha cualquier ocasión para hablar de los vikingos.

—No me digas que cree en serio que es un descendiente de los vikingos.

Lindi soltó una carcajada.

—¡Claro que se lo cree! Lo único que me pregunto es qué tiene que ver un bávaro con un vikingo.

—También a mí me gustaría saberlo —dije.

Lindi se acercó un poco más.

—¿Puedo hacerte una pregunta? —susurró.

—Claro que sí.

—¿Tu hermano tiene novia?

Del susto, casi me desmayo.

—¿Quéee? —dije tan fuerte que, por un momento, Kitty y Kathy olvidaron su cabello engominado y se nos quedaron mirando.

—¡No grites! —refunfuñó Lindi—. No hace falta que se entere todo el mundo.

—¡Pero vaya susto que me has dado! —respondí.

—¿Por qué? Es una pregunta muy normal. De todas formas, lo encuentro muy mono.

—¿Mono? Más vale que no se lo digas.

¡Mi hermano con una novia! Pero Lindi también tenía un hermano. Es cierto que era algo más pequeño que ella, pero debería haberse dado cuenta de que los chicos no se enteran de nada.

—Por cierto, ¿por qué lo llamáis Rabanito? —siguió preguntando Lindi.

—Es por su estatura —dije—. Tiene la mala suerte de que es un poco más bajo que yo. Por eso un gracioso lo bautizó como Rabanito.

—Me parece estúpido —dijo Lindi.

—A Rabanito también —dije sonriendo—. Pero todos le llaman así. Sólo mis padres le llaman Óscar. Ése es su nombre verdadero.

—Pues su nombre me gusta mucho más.

—¿Y mi hermano de verdad te parece «mono»? —le pregunté de nuevo porque no podía creérmelo.

Lindi afirmó con la cabeza.

—De hecho, sí. Me da la impresión de que he de protegerlo en todo momento.

Ahora sabía exactamente a qué se refería.

—Y apuesto lo que quieras a que no es tan tozudo como mi hermano y que no replica tanto, ¿o no?

—Hum —dije sólo, porque nunca me había parado a pensar en ello.

—Pero no le digas nada —añadió Lindi—. A los demás, tampoco.

—No te preocupes —dije—. De todas formas, no me creería.

—¿Lo juras?

—Vale —suspiré.

No sé si era por culpa del saco de dormir, o del entorno desconocido, o del ambiente cargado de la tienda, ya que Kitty y Kathy se habían puesto mucha gomina en el pelo, pero dormí muy mal, y en mitad de la noche, me despertó un ruido.

Temí que el obispo de Fanø viniera a buscarme cuando reconocí la voz de la señora Machwitz, desde la tienda vecina.

—¡Karl-Heinz! ¡Despiértate, por favor, no puedo dormir!

Poco después se oyó un gruñido y un «¿sí?», con voz dormida.

—No puedo dormir —oí decir de nuevo a la señora Machwitz.

—Ya…

—Ya sé que lo sabes. Por eso quiero charlar contigo. Eso me cansa.

—Por favor…

—Sí, sí, ya bajo la voz.

A continuación sólo se oyeron susurros y murmullos.

Me di la vuelta y me pregunté si la señora

Machwitz había dejado que su marido terminara alguna frase por lo menos una vez.

Al día siguiente, cuando saqué mi cabeza de la tienda enrarecida, mi estado anímico mejoró de golpe. La niebla había desaparecido y hacía sol.

La señora Schlüter repartía el servicio para el desayuno: a Kitty, Kathy, Lindi y Berti les tocó ayudar a poner la mesa mientras que a mis amigos y a mí nos mandaron a Sønderho a comprar panecillos. Sin embargo, Lindi se quejó.

—¡Yo también quiero ir a Sønderho! —dijo con tono enérgico y sin dejar de mirar a mi hermano.

La señora Schlüter no estaba de acuerdo pero, finalmente, «Gran Siggi» dejó que nos acompañara.

Además, se nos unió también el señor Machwitz. El pobre estaba tan cansado que andaba al trote detrás de nosotros. Probablemente, la noche anterior había tenido que hablar muchísimo para que su mujer se cansara y acabara por dormirse.

—¿Qué tal vuestra primera noche? —pregunté a Rabanito en el camino.

Se encogió de hombros.

—Regular. Precioso no podía dormir, así que se ha pasado media noche paseando por la tienda, nos olisqueaba y nos lamía la cara. Hasta que Charly lo echó de la tienda. Entonces, evidentemente, Fede se quejó y le dejó entrar de nuevo.

—¡Pues vaya noche más bonita! —dije yo.

—¡Ya puedes imaginártelo! ¡Y para colmo Berti! Nuestros sacos están uno al lado del otro. Sus calcetines apestan terriblemente y, además, Berti ha ocupado tanto espacio que apenas me dejaba sitio para dormir.

—¡A mi hermano no hace falta que lo aguantes!

Al parecer, hacía ya un buen rato que Lindi daba vueltas a nuestro alrededor sin que nos hubiéramos dado cuenta.

Rabanito se volvió hacia ella, percibió su sonrisa y se puso rojo como un tomate.

—Y ésta, ¿qué quiere? —me preguntó susurrando, cuando Lindi se marchó con Fede, intentando sin éxito que Precioso fuera a buscar un pequeño palo que ella le había lanzado con anterioridad.

Me encogí de hombros.

—¡Y yo qué sé! —dije mintiendo mientras pensaba, para mis adentros, que mi pobre hermano no tenía ni idea de lo que le esperaba.

Encuentro 3:
Un amigo detrás del mostrador

A paso firme, Lindi nos llevó hasta la panadería. Lo más probable era que conociese la isla tan bien como su propia casa.

Con la mitad de las provisiones de panecillos de la pequeña panadería iniciamos el camino de vuelta. De repente, un llamativo letrero me llamó la atención:

Jens Peter Jensen
RAVSMEDEN

—El señor Jensen es pulidor de ámbar —dijo Lindi, que al parecer se había dado cuenta de mi expresión interrogante.

—Se dice también tornero de ámbar o trabajador de ámbar —añadió el señor Machwitz, con lo que nos dio un verdadero susto.

—¿Hay ámbar por aquí? —pregunté.

—Muchísimo, en toda la zona del mar Báltico —respondió Lindi—. ¿No lo sabíais?

—No.

—Hombre, si es así podemos buscar ámbar en la playa —propuso Rabanito—. Será mucho más divertido que buscar estúpidas conchas.

—¡Eh, tío, eh! —dijo Fede—. ¡Y Precioso nos ayudará!

—Como mucho se lo comerá —contestó Charly.

—¿Os apetece ver la tienda? —interrumpió Lindi.

—¡Claro que sí! —dije yo enseguida.

Seguimos a Lindi hasta una puerta que, por lo visto, nos conduciría al interior de la tienda del señor Jensen. Al lado de la puerta había un escaparate que sólo se percibía como tal cuando uno se encontraba muy cerca. Era muy pequeño. Hacía juego con la tienda. Cuando conseguimos estar todos dentro, ni siquiera nuestra profesora de música, la señora Rotkehl, habría cabido. Y eso que es tan delgada como un espárrago.

Las paredes estaban abarrotadas de estrechas vitrinas, donde joyas y figuritas de ámbar de todas las tonalidades posibles brillaban al sol que entraba a través del pequeño escaparate. Desgraciadamente, no llevaba dinero encima para comprarme alguna joya. Pero incluso si hubiera tenido dinero, me habría costado muchísimo decidirme por alguna en concreto.

Un mostrador separaba el local de venta. Detrás había un hombre sentado en un banco de trabajo que, con unas herramientas minúsculas, grababa un dibujo en el ámbar. Seguro que se trataba del señor Jensen.

A sus pies dormitaba un pastor alemán. Debido a una señal de prohibición que había en la entrada, habíamos aparcado a Precioso delante de la tienda. Naturalmente no se quedó muy conforme, y ladraba y silbaba todo el tiempo. El pastor alemán abrió los ojos y aguzó el oído. La protesta enérgica de Precioso no parecía causarle mucha impresión. No obstante, los ladridos de Precioso hicieron que el señor Jensen se percatara de nuestra presencia.

Sonrió amablemente.

—¿En qué puedo serviros?

—¡Eh, tío, eh! —dijo Fede—. ¡Habla nuestra lengua!

La sonrisa se volvió más amable todavía. Ya sólo por esa sonrisa hubiera comprado un recuerdo de ámbar.

—Muchos daneses hablan otros idiomas. Sobre todo en las regiones con mucho turismo, como en esta isla.

—¡Eh, tío, eh! —dijo Fede de nuevo—. ¿Ha encontrado usted solo todo el ámbar?

—¡No todo! —dijo el señor Jensen con una sonrisa—. Algunas piezas se las he comprado a los pescadores, o a la gente de la isla. Pero todas las muestras que podéis ver aquí se han encontrado en la isla o muy cerca. En toda Dinamarca no hay tanto ámbar como aquí en Fanø y, sobre todo, ¡no de tan buena calidad!

Mientras el señor Jensen nos contaba todo esto, nosotros pegábamos nuestras narices contra los cristales de las vitrinas.

—¡Qué guay se ve! —dijo Rabanito—. ¡Y cuántos colores diferentes! ¡Creí que sólo había amarillo!

—¿Es muy valioso? —preguntó Charly.

El señor Jensen afirmó con la cabeza.

—El ámbar es una piedra preciosa.

Charly se dio la vuelta.

—¿Le han atracado alguna vez? —preguntó de repente.

La sonrisa del señor Jensen desapareció de golpe.

—No. ¿Por qué? —preguntó vacilante.

—Me he dado cuenta de que su sistema de alarma no está en muy buenas condiciones. Podríamos elaborar una serie de propuestas de mejora.

—No lo entiendo…

—No se preocupe —intervine rápidamente, antes de que Charly desconcertara al señor Jensen por completo—. Charly es el jefe de nuestra banda de detectives.

—¡Agencia de detectives! ¡Agencia de detectives Charly & Company! —dijo Charly—. ¿Cuántas veces tengo que repetírtelo, Estefi?

El señor Jensen volvió a sonreír.

—¡Vale! O sea, cuando necesite vuestra ayuda, os avisaré. Sin duda alguna el ámbar es una piedra muy solicitada. También la llaman el oro del norte. Nuestros antepasados, los vikingos, ya la usaban como adorno. Incluso le atribuían unas fuerzas curativas y mágicas especiales. Algunas siguen vigentes hoy en día.

—¿Ah, sí? ¿Y cuáles son? —preguntó Lindi.

—Dicen que el ámbar da tranquilidad —contestó el señor Jensen—. Algunos de mis clientes insisten en que se han vuelto mucho más tranquilos y equilibrados desde que llevan un ámbar, o se lo colocan debajo de la almohada.

—Más tranquilos —repitió el señor Machwitz, moviendo la cabeza lentamente en señal de aprobación—. ¡Eso es bueno! ¡Muy bueno!

—Si el señor Machwitz se tranquiliza más, acabará por dormirse de pie —me dijo Rabanito susurrando.

—Quizá valdría más llevarle un trocito a su mujer —le contesté también en voz baja.

—¡Eh, tío, eh! Si el ámbar tranquiliza, deberíamos comprar ahora mismo un trocito para dárselo a Charly —dijo Fede.

Charly le miró con cara furiosa.

—¡Ja, ja! ¡Qué gracioso!

—Tal vez no haga falta comprar nada —siguió el señor Jensen—. Durante los últimos días el viento ha sido muy favorable. Así que seguro que encontraréis algo en la playa.

—Yo ya he encontrado otras veces un trocito —añadió Lindi—. En casa tengo toda una colección.

—¡Muy buena idea! —dijo Fede—. Después del desayuno, nos iremos enseguida a la playa.

Estábamos tan encantados con la idea que nos habíamos olvidado por completo de Precioso cuando abrimos la puerta de la pequeña tienda del señor Jensen para salir. Con un silbido prolongado, vino a nuestro encuentro corriendo.

Fede abrió los brazos.

—¡Eh, tío, eh! ¿Me has echado de menos, pequeño?

Pero el mejor amigo de Precioso se equivocaba por completo.

En lugar de aterrizar en los brazos de Fede, nuestro perro dio un gran salto por encima del mostrador. A pesar de no ser muy alto, me quedé bastante sorprendida de la agilidad de Precioso.

En el mismo instante en el que Precioso pasó volando por encima del mostrador, se levantó también de golpe el pastor alemán del señor Jensen. Si los dos se enfrentaban enseñando los dientes, seguro que Precioso saldría perdiendo.

Pero al contrario: los dos se curiosearon meneando la cola y dando vueltas uno alrededor del otro y soltando un alegre gemido de excitación.

—Vaya perrito más gracioso —dijo el señor Jensen—. ¿Ha tenido algún accidente?

—No. Ya estaba así cuando nuestro amigo se lo encontró detrás de un contenedor —respondí.

—¡Eh, tío, eh! —dijo Fede—. No hace falta que lo cuentes. Al fin y al cabo Precioso es el más inteligente y...

—Sí, sí, tú sigue soñando —le interrumpió Charly.

Se inclinó sobre el mostrador y sacó a Precioso de allí agarrándolo por la nuca.

—¡Eh, tío, eh!

—¡Tranqui, tranqui! —fue lo único que dijo Charly—. Tenemos que marcharnos. Los demás están esperando sus panecillos.

Cuando la puerta de la tienda del señor Jensen se cerró detrás de nosotros, Precioso se despidió de su nuevo amigo con un silbido que llegaba al alma. Éste le respondió con un aullido por lo menos tan conmovedor como el suyo.

—Amor a primera vista —dijo Lindi.

—Es muy extraño —dijo Charly—. El perro del señor Jensen parece ser un animal extremadamente cuidado e inteligente.

—¡Eh, tío, eh! —gruñó Fede, dándole un fuerte abrazo a Precioso.

Gracias a que encargamos a Lindi que contara a su padre lo del señor Jensen y lo del ámbar, nos dejaron ir a la playa después del desayuno.

Había más gente que el día anterior, pero la playa seguía estando bastante vacía. Aunque hubo otra cosa que me llamó la atención: prácticamente todos los visitantes de la playa estaban de rodillas o andaban por la orilla adoptando una extraña postura con el tronco inclinado hacia delante.

—¿Por qué andan así de raro? —pregunté a Lindi asombrada.

—Se trata de la marcha de Fanø —contestó Lindi riendo—. En lugar de disfrutar de la vista del mar, la gente sólo mira al suelo esperando encontrar ámbar.

—¿Pero se ve a simple vista? —pregunté—. Seguro que está muy sucio cuando el mar lo arroja a la playa y me imagino que tendrá el mismo color que la arena.

—No importa. A pesar de todo, lo reconocerás enseguida. Brilla. Pero ya lo verás cuando encuentres uno.

No podía imaginármelo en absoluto. Pero, poco después, andaba tan inclinada como casi todos los demás turistas.

—¡Tenéis que buscar en otro sitio! —dijo de repente «Gran Siggi»—. ¡Tenéis que buscar entre los trozos de madera arrojados por el mar y entre las algas! ¡El ámbar se enreda allí!

—¿Quiere que hurguemos en esa porquería? —dijo Kathy.

—¡Que no cuente con nosotras! —dijo Kitty.

Completamente indignadas, se marcharon del lugar. Tal y como se habían arreglado, evidentemente, su

vestimenta se ajustaba mucho más a una fiesta que a la playa.

Pero Lindi y yo tampoco estábamos muy entregadas a la búsqueda. Paseábamos por la playa charlando. O mejor dicho, Lindi me preguntaba cosas de Rabanito. Éste no sospechaba nada sino que, con la nariz pegada a la playa, buscaba el ámbar. Adoptando la misma postura, Fede y Charly iban detrás de él y algunos pasos más atrás los seguía Berti. Si hubieran andado a gatas, los hubieran confundido con un rebaño de ovejas.

Pero el señor y la señora Machwitz y nuestro tutor y su mujer me recordaban todavía más a un rebaño de animales. Se inclinaban muchísimo sobre las algas, los trozos de madera, y sobre todas las demás cosas asquerosas arrojadas por el mar, y raspaban las conchas y hurgaban con las manos desnudas. Al verlos me acordé de un reportaje sobre África que había visto en la tele y en el que aparecía una manada de elefantes que apagaba la sed a la orilla de un lago.

—¿Y qué, Charly? ¿Ya has encontrado algo? —pregunté a nuestro jefe.

—¡No busco ámbar! —contestó.

—¿Qué si no?

En lugar de contestar se nos acercó.

—Busco unas huellas —susurró—. Ya sabes, las del obispo de Fanø. Pero no hace falta que se entere todo el mundo.

—¿Y cómo sabrás cuáles son las suyas? —pregunté a Charly—. Al fin y al cabo todos los que pasan por la playa dejan sus huellas.

—No te preocupes. Ya las reconoceré —dijo.

—¿Por qué no mandas a Precioso a buscar las huellas? —pregunté a Charly, y señalé a nuestro pequeño perro, que saltaba en medio del rebaño de ovejas y de los elefantes que se divertían raspando las cáscaras de los cangrejos, las conchas y las demás cosas tiradas por la playa.

Charly no se dignó a contestar, sólo resolló con fuerza.

Entonces se marchó para buscar las huellas del obispo de Fanø, o lo que fuera.

—De verdad, a veces me pone negra —me dije a mí misma.

—¿Por qué? —preguntó Lindi—. A mí me gustaría estar en una banda de detectives.

—¿En serio? ¿Por qué no le preguntas a Charly si puedes colaborar?

Lindi negó con la cabeza.

—Sólo colaborar no es suficiente.

Quería preguntarle a qué se refería exactamente, pero ya no tuve tiempo. De repente mi hermano chilló tanto que las ovejas y los elefantes levantaron asustados las cabezas.

—Creo que ha encontrado algo —dijo Lindi, y empezó a correr.

¡Efectivamente! Rojo como un tomate y con los ojos radiantes, Rabanito nos presentó un trozo de ámbar. Era apenas mayor que un guisante pero, a juzgar

por el júbilo y las felicitaciones, parecía que había encontrado un enorme tesoro.

—¡Hay que buscar alrededor! —mandó «Gran Siggi»—. ¡Un ámbar llama a otro!

Entonces dejé mi elegante discreción a un lado y me junté con las ovejas y los elefantes.

Poco después incluso mi dignidad cayó en el olvido. Me arrastraba a cuatro patas por la arena. ¡Quería encontrar un ámbar a toda costa! Aunque me costara el resto de mis vacaciones.

¡Allí! ¡Allí relucía algo! ¡No, brillaba! ¡Como el sol en la oscuridad del universo! ¡Un ámbar! Lindi tenía razón. Este brillo no podía pasar por alto. Intentando a toda costa no babear, lo cogí.

—¡Tengo uno! —grité.

Mejor dicho, chillé. A juzgar por mi tono de voz, me encontraba muy cerca de la locura.

Ahora, el júbilo de mis congéneres iba por mí, aunque el trocito que había encontrado era muy parecido al de mi hermano. Pero lo había encontrado yo. ¡Era mío!

Sólo consentí un par de miradas envidiosas de la competencia y rápidamente metí el hallazgo en el bolsillo empapado de mis tejanos.

—Mi tesoro —me oí decir en voz baja y muy cambiada mientras lanzaba miradas de angustia a mi alrededor.

¿Acaso alguien quería disputarse mi hallazgo? ¡Adelante pues!

Así el destino tomaba su rumbo. La dignidad y la ropa seca se habían transformado en palabras desconocidas. Poco a poco aumentó el número de buscadores de tesoros de éxito.

¡Entonces sucedió!

¡Nunca hubiera pensado que una oveja fuera capaz de lanzar tal grito!

—¡Eh, tío, eeeeeh!

Con todo el cuerpo temblando, Fede agarraba algo con obstinación.

Cuando todos estábamos a su alrededor mirando curiosos su mano negra, la abrió muy despacio.

Lo que entonces salió a la luz provocó que balásemos y berreásemos con especial admiración.

Encuentro 4: Un tesoro con pies grandes

—¡Es mío! ¡Es mío! —gritó Berti enseguida, y con los brazos abiertos, se abalanzó sobre Fede.

Unos instantes después, los dos se revolcaban en la arena luchando por el hallazgo de Fede.

Yo sólo tuve tiempo de lanzar una rápida mirada, pero me di cuenta al momento de que ese ámbar era completamente diferente a los que habíamos encontrado hasta ahora. Era labrado. Mejor dicho, se trataba de una figurita. Además, a mi entender, la figura representaba un ser humano, no obstante tenía la boca muy abierta y los pies enormes. Es decir, guardaba cierto parecido con las figuras de las viejas tribus de los indios o de los pueblos africanos.

—¡Parad ya! —resonó con fuerza la voz de «Gran Siggi» por toda la playa.

Es muy probable que se oyera incluso en Nordby. En todo caso, su voz bastó para atraer también a Kitty y Kathy. Pero avanzaban muy despacio porque prestaban demasiada atención a que no entrara ni un grano de arena en sus zapatos.

Sin embargo, a Berti y a Fede el vozarrón de «Gran Siggi» les importaba bien poco por el momento.

—¡Yo la vi primero! —vociferó Berti, y clavó su rodilla en el estómago de Fede.

—¡Pero yo la cogí antes! —gritó Fede, golpeando a diestro y siniestro.

En un tris, «Gran Siggi» se plantó en medio de las dos ovejas luchadoras, las agarró por la nuca y las puso en pie.

—¿Quién tiene la figura? —preguntó con tranquilidad, como sólo sabe hacer un profesor.

Con aire triunfal, Fede alzó el puño.

—De acuerdo —dijo nuestro tutor—. Fede es el dueño legítimo pues fue quien la encontró.

—¡Pero papá! —gritó Berti.

—¡Calla, hijo! —continuó «Gran Siggi»—. Mantén la serenidad tal y como corresponde a un Schlüter.

Berti se dejó caer de espaldas en la arena. Sus labios temblaban.

—¡Venga, ahora ponte a llorar! —dijo Lindi sin inmutarse.

Con los ojos húmedos, Berti miró fijamente a su hermana.

Entonces se levantó de golpe y se fue corriendo.

Yo nunca hubiera tratado así a mi hermano. Quizá porque somos mellizos.

—Y ahora enséñanos lo que has encontrado —dijo «Gran Siggi» a Fede, sin prestar atención en ningún momento a su hijo, que seguía llorando.

Fede, al que le salía la arena por todos los poros, miró a nuestro tutor con los ojos medio cerrados. Pero, finalmente, volvió a abrir despacio la mano.

De nuevo, esa figura tan rara salió a la luz.

—¿Qué es? —preguntó Rabanito.

El señor Machwitz respiró hondo.

—Parece…

—Parece una alhaja —contestó la señora Machwitz—. Pies y boca grandes. Muy raro.

—Tal vez la ha perdido alguien —dije.

—O se trata del botín de un ladrón —dijo Charly—. ¡Y se le cayó mientras huía!

—¡Charly! —dijo resoplando «Gran Siggi».

—¿Por qué no se lo preguntamos al señor Jensen? —propuso Lindi—. Él es un experto en ámbar.

—¡Eh, tía, eh! ¡Muy buena idea! —dijo Fede.

Charly cruzó los brazos en el pecho.

—Ahora mismo estaba a punto de proponéroslo también.

Nuestro tutor afirmó con la cabeza.

—De acuerdo. Entonces iréis a ver al señor Jensen. Pero no os entretengáis, que hay que preparar la comida. Nosotros, los adultos, vamos a…, eh, a dar una pequeña vuelta todavía por aquí.

—Os acompaño —dijo de repente Berti lloriqueando.

Su hermana bizqueó.

—Pensaba que estabas ofendido.

—¡Es igual! —dijo Berti metiendo las manos en el bolsillo de su pantalón—. Quiero ir también.

—Vale —dijo su hermana con un suspiro—. Y yo que pensaba librarme de ti por un rato...

El señor Jensen se quedó muy sorprendido al ver entrar en su pequeña tienda a ocho niños y un perro. Como siempre, Precioso estaba en los brazos de Fede. Llegará un día en que nuestro perro ya no sabrá andar.

Fede miró nervioso a su alrededor.

—¡Eh, tío, eh! ¿Pero dónde está su perro?

—Se ha ido con mi mujer —contestó el señor Jensen—. Pero si hubiera sabido que iba a venir su pequeño amigo, habría preferido quedarse.

Charly respiró hondo queriendo decir algo, pero Lindi se le adelantó.

—¡Le queremos enseñar algo, señor Jensen!

Miró a Fede que, muy despacio, mostró su brazo y abrió la mano.

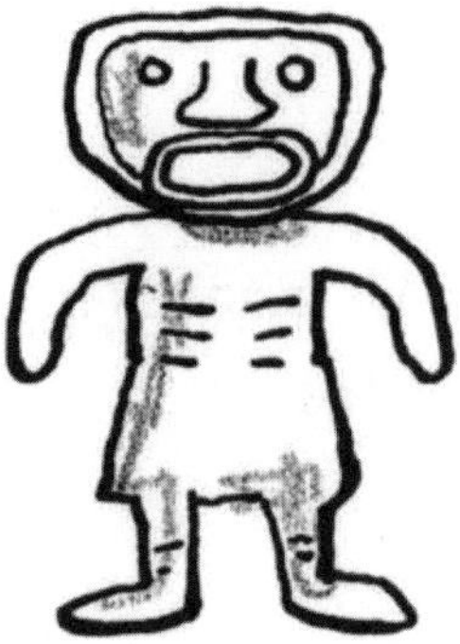

El señor Jensen lanzó una rápida mirada sobre la figura de ámbar. Entonces abrió los ojos como platos.

—¿Pero de dónde la habéis sacado?

—¡Eh, tío, eh! La hemos encontrado —dijo Fede tímidamente.

—Pero yo la vi primero —dijo Berti chillando.

Con mucho cuidado, el señor Jensen cogió la figura con dos dedos y la puso a contraluz.

—Fantástica —dijo en voz baja.

—¿Vale mucho? —preguntó Charly.

El señor Jensen movió la cabeza.

—Incluso muchísimo —contestó—. Y es una pieza antiquísima. Es una figurita vikinga.

—¿Vikinga? —chillamos todos casi a la vez.

—Así es. Ya os dije esta mañana que a nuestros antepasados les gustaba muchísimo labrar el ámbar y otras piedras preciosas para hacer joyas y otros objetos, también figuras como ésta. Probablemente procede de un barco vikingo que se hundió hace muchos, muchos años. Además, dicen que este tipo de figuras incluso tienen poderes mágicos.

Tal y como era la figura, casi me lo creí.

—Muy, pero muy raras veces se encuentra algo semejante aquí en la playa de Fanø —añadió el señor Jensen—. Habéis tenido mucha suerte, de verdad.

—¡Es mía! —gritó Berti de nuevo—. ¡Quiero tenerla yo!

—¡Olvídalo! —le bufó su hermana—. Es de Fede. Pregúntaselo a papá.

—¡No, no! —dijo el señor Jensen con tono enérgico—. ¡No podéis quedárosla!

—¿Por qué no? —pregunté—. Es verdad que Fede la encontró en la playa.

—Y me lo creo —dijo el señor Jensen—. Pero la figura es propiedad del país. Es muy valiosa y tiene que estar en un museo. Por eso, desgraciadamente, la tenéis que donar.

—¡Eh, tío, eh! —dijo Fede obstinado—. ¿Y si no quiero?

El señor Jensen sonrió a Fede.

—No sería muy amable por tu parte y, además, iría contra la ley.

—¡Eh, tío, eh! Está bien. La entregaré.

—¡No te pongas triste! Hoy acabas de encontrar una parte de nuestra historia en la playa. Te lo agradezco muchísimo, así que puedes estar muy orgulloso de ti mismo. Probablemente, en el museo escribirán tu nombre en una placa.

Fede volvió a abrir su mano y lanzó una mirada respetuosa a la figura. De repente, estaba radiante de alegría.

—¿Una placa? ¿Con mi nombre? ¿En un museo?

El señor Jensen afirmó con la cabeza.

—Muy probablemente.

—Un museo —jadeo Charly—. Un lugar también perfecto para ti.

—¡Eh, tío, eh!

—¿Y dónde tenemos que entregar la figurita? —preguntó Rabanito rápidamente.

—Lo más indicado será entregársela a nuestro alcalde —contestó el señor Jensen.

Entonces nos describió el camino hasta la casa del alcalde.

De camino a la casa del alcalde, Fede no despegó los labios y, con la cabeza gacha, caminaba a nuestro lado.

Ni siquiera Precioso, que no dejaba de menear la cola y de lamer la mano de Fede, pudo animarlo.

De nuevo me sorprendió cuánto parecía captar nuestro perro. No me costó nada imaginar cómo se debía de sentir Fede en esos momentos. Yo, en su lugar, también me habría sentido triste por tener que entregar una figura tan bonita y valiosa. Y al fin y al cabo, una placa con su nombre tan sólo era un pequeño consuelo.

—¿Por qué no escondes la figura? —propuso Lindi de repente—. Sólo el señor Jensen y nosotros sabemos que existe.

—¡Eh, tío, eh! —dijo Fede, y negó con la cabeza—. La figura es de aquí. La voy a devolver.

Hay momentos en que me siento realmente muy orgullosa de mis amigos, de verdad.

Delante de la casa donde vivía el alcalde de Sønderho, Fede dudó por un instante. Entonces llamó al timbre de la puerta.

Pero nadie abrió. Tampoco cuando llamamos por segunda vez.

—¡Qué mierda! —dijo Fede—. Tendremos que volver otro día.

Cuando regresamos al *camping*, Fede seguía de igual humor. Incluso la señora Schlüter se dio cuenta.

—¿Pero por qué estáis tan tristes? —nos dijo a modo de saludo.

—¡Eh, tío, eh! ¡Tengo que entregar la figura porque es una figura antigua de los vikingos!

Xaver, que reparaba a cierta distancia su caravana, se estremeció al oír la palabra «vikingo» y se precipitó hacia nosotros.

—*Hallo!* ¡El señor Schlüter me contó lo de vuestro hallazgo! ¿De verdad se trata de una figura de mis antepasados? No hay muchas. ¿Me la dejáis ver?

Primero, Fede miró a Xaver con aire escéptico, pero entonces abrió su mano. ¡De hecho, la había tenido durante todo ese tiempo en su mano!

—*Hallo! Hallo! Hallo!* —dijo Xaver, en tono de júbilo—. ¡Es una figura vikinga! ¡Seguro que tiene poderes mágicos!

Mientras tanto había aparecido también nuestro tutor.

—¡Por favor, Xaver! —le bufó al vikingo de Baviera—. ¡No diga tonterías!

—Pero transmite tranquilidad —dijo el señor Machwitz—. Seguro que transmite tranquilidad.

La señora Machwitz miró a su marido y quiso decir algo pero, al parecer, le faltaban las palabras.

—Pobre chico —dijo la señora Schlüter, casi con voz llorosa a Fede—. Seguramente estás muy decepcionado por no poder quedarte la figurita. Pero la tendrás contigo todavía una noche entera.

—Tal vez sea suficiente, por los poderes mágicos —dijo Charly esbozando una sonrisa—. De todas formas, deberías desear algo bonito esta noche por si acaso.

—¡Eh, tío, eh! ¡Qué gracioso! —dijo Fede y, por primera vez desde su hallazgo, se metió la figura en el bolsillo.

Esa noche volví a dormir mal y me desperté varias veces. Pero esta vez no por culpa de la voz de la señora Machwitz. Me di cuenta de que todo el tiempo había dormido sobre uno de los tubos de gomina de Kitty o de Kathy.

Me di la vuelta con la intención de seguir durmiendo cuando, de repente, me sobresalté. ¿Había percibido un ruido? Me parecía haber oído unos pasos silenciosos. ¿Acaso debía levantarme para ver qué pasaba?

Sin poder evitarlo pensé en la historia del obispo de Fanø que nos había contado Xaver.

¡Otra vez! ¿No avanzaba alguien a hurtadillas por nuestra tienda? O tal vez sólo era mi imaginación lo que me jugaba una mala pasada.

Para mi alivio, oí un gruñido que procedía de la tienda de la familia Machwitz. Probablemente había sido el señor Machwitz, o su chismosa esposa.

Así que me acurruqué en mi saco de dormir hecha un ovillo.

Seguramente me dormí muy rápido porque, cuando me despertó un grito, tuve la sensación de haber estado despierta hacía muy poco. Pero en cambio ya había salido el sol.

—¡Eh, tío, eh! —retumbó la voz de Fede por el *camping*.

Lindi, Kitty y Kathy se levantaron del susto casi al mismo tiempo.

—¿Pero qué le pasa a Fede? —preguntó Lindi enseguida—. ¿Por qué grita de esa manera?

—Ni idea. No lo había hecho nunca. En todo caso no hasta que encontró la figura.

Delante de la tienda ya se había reunido todo el grupo, Xaver incluido.

—¿Qué le pasa a Fede? —le pregunté a Rabanito.

—¿Es que no lo ves? —gritó, con la lengua fuera al igual que Fede—. ¡La figura ha desaparecido!

—¿Desaparecido? —pregunté—. ¿Cómo que ha desaparecido?

—¡Eh, tío, eh! —dijo Fede—. ¡Seguro que alguien la ha robado!

Miré a Charly. Con cara de fastidio anotaba algo en su cuaderno de notas.

«Gran Siggi» alzó los brazos.

—¡No te precipites, Fede! Quizá sólo la has cambiado de sitio. ¿Dónde y cuándo la viste por última vez?

—¡Eh, tío, eh! Quiero decir, esta noche, señor Schlüter. Cuando la metí otra vez en mi bolsillo.

—¿Otra vez? —preguntó «Gran Siggi»—. ¿Y antes dónde estaba?

—Buena pregunta —dijo Charly, sin levantar la vista de su cuaderno.

Y con ello se ganó una mirada furiosa de nuestro tutor.

—Bueno —dijo Fede, avergonzado—. Primero la metí en mi saco de dormir.

—¿Por lo de las propiedades mágicas? —preguntó Lindi sonriendo.

—¡Eh, tía, eh! ¡Claro que no! ¡Sin motivo! Pero entonces cambié de opinión y la metí de nuevo en el bolsillo de mis pantalones. Y éstos estaban al lado de mi saco de dormir. Seguramente alguien la robó mientras dormía.

—¡Bueno! ¿Pero cuándo la metiste en el bolsillo?

Fede se encogió de hombros.

—¡Ni idea! Por la noche. Estaba oscuro.

—¡Oscuro! —resopló Charly—. Vaya hora más precisa.

—Si hubiera sido un ladrón, yo me hubiera despertado y oído algo —dijo la señora Machwitz—. Tengo un sueño muy ligero.

El señor Machwitz afirmó con la cabeza.

—Sé…

—Sé que lo sabes —le interrumpió su mujer.

—Yo sí que me desperté —dije—. Pues creí oír unos pasos delante de la tienda.

—¿Y cuándo fue más o menos? —preguntó Charly.

—Estaba oscuro —dije brevemente.

—¡Muy graciosa! —dijo Charly—. Pero el ladrón no tenía por qué pasearse entre las tiendas. Podría haber sido también alguien de la propia tienda.

—¡Eh, tío, eh! ¿Acaso crees que alguno de nosotros es un ladrón?

—Bueno —dijo Charly brevemente, y su mirada recayó sobre Berti.

Éste supo enseguida a quién se refería.

—¡No es verdad! ¡No tengo nada que ver con esto! Además, seguro que no la robaron.

—¡Eh, tío, eh! ¿Qué quieres decir con eso?

Berti alargó la mandíbula.

—Tú ayer ni siquiera la querías entregar.

—¡Pero qué tontería más gorda! —dijo Rabanito—. Nosotros fuimos a ver al alcalde para entregársela. Si hubiera estado en su casa, Fede le hubiera dado la figura.

—¡Pero no lo hizo! —dijo Berti obstinado—. Además, yo la vi primero.

—¡Eh, tío, eh! —le bufó Fede—. ¡Me estás hartando!

—Además, tú no podrías haberla visto primero. Estabas mucho más lejos que Fede cuando la encontró —intervino Rabanito.

Típico de mi hermano. Siempre le era más fácil interceder a favor de otra persona que de sí mismo.

—¡No te metas donde no te llaman! —le bufó Berti.

Con aire de amenaza, Lindi fue en dirección a su hermano.

—¡Haz el favor de dejar en paz a Óscar!

—¡Puedo defenderme solito, mamá!

Con el tema de la figura y gracias a Berti, que durante toda la noche le había estado molestando, mi hermano se sentía confuso y por un instante pensó que nuestra madre le había llamado por su nombre de verdad.

Nada más pronunciar la palabra «mamá», se dio cuenta de lo que había dicho. Pero ya era demasiado tarde. Durante unos instantes reinó un silencio absoluto. Y a continuación, todos estallaron a la vez en una carcajada. Incluso el señor Machwitz esbozó una especie de sonrisa.

Mi hermano se puso rojo como un tomate. Seguramente, habría sido el hazmerreír de todos durante más tiempo si «Gran Siggi» no hubiera vuelto al tema de la figura de ámbar.

—¡Quiero saber ahora mismo quién tiene la figura! —dijo furioso.

—¡Cariño, por favor! —dijo su mujer—. ¡No estamos en el colegio!

—¿Cómo? Eh, sí. ¿Alguien de aquí ha visto la figura? —preguntó en voz más baja—. ¿O quizá la ha cogido alguien sin querer?

La respuesta fue un silencio embarazoso. ¿Pero qué esperaba?

—Como queráis —dijo «Gran Siggi», en voz aún más baja—. Sólo espero dos cosas: tú, Fede, primero buscarás de nuevo la figura por si acaso la encuentras…

—¡Eh, tío…!

La mirada de nuestro tutor le hizo callar. Igual que en el colegio.

—Y segundo —siguió «Gran Siggi»—: ¡espero del ladrón, si de verdad existe, que la figura aparezca en las próximas veinticuatro horas!

Fue un mensaje clarísimo. Sin embargo, no pude imaginarme que sirviera para algo.

—*Hallo!* —dijo Xaver—. ¡Vaya catástrofe! ¿Y si las fuerzas mágicas han caído en malas manos?

«Gran Siggi» le hizo callar también a él con una sola mirada. De alguna manera, los profesores saben imponerse bastante bien.

Encuentro 5: Muchos mosquitos y una pequeña flor amarilla

Esa mañana la señora Schlüter nos envió también a buscar panecillos. Pero, esta vez, no nos acompañó el señor Machwitz. Al parecer, su mujer se había dormido antes que la noche anterior. En cambio, Lindi se apuntó de nuevo.

Creía que Charly no pararía de acosarnos con todas sus teorías y planes una vez estuviéramos a solas. ¡Pero me equivoqué por completo! Nos acompañó en silencio y con el ceño fruncido.

—¿Qué te pasa, Charly? —le pregunté—. ¿No te alegras por tener razón?

Nuestro jefe me miró sorprendido.

—¿Por qué?

—Cuando llegamos dijiste que una isla era el lugar perfecto para un crimen. Y ahora ya tienes tu famoso crimen.

—Sí, sí.

—¡Charly! ¡Hola! ¿Qué te pasa?

Charly miró a su alrededor.

—Estoy preocupado —susurró entonces.

—¿Preocupado? ¿Por Fede? Ya se le pasará. Además, de todas formas, tenía que devolver la figura.

—¡No me refiero a eso! No puedo quitarme de la cabeza lo que dijo Xaver. Tal vez es verdad que la figura tiene poderes mágicos.

—¿Poderes mágicos? —le interrumpí—. ¿Acaso has leído demasiadas novelas, o qué?

Charly metió sus manos en los bolsillos.

—De todas formas, tendríamos que recuperar la figura lo antes posible.

—¡Sí, tienes toda la razón! ¡Me apunto!

Al parecer, Lindi tenía la costumbre de acercarse sin que nadie se diera cuenta. En ese sentido, a Charly y su agencia les hubiera ido de perlas.

Sin embargo, nuestro jefe no opinaba lo mismo. Negaba con la cabeza.

—La agencia Charly & Company sólo está integrada por nosotros cuatro.

—¡Eh, tío, eh!

—De acuerdo. Y Precioso. ¡Aunque sólo es medio miembro!

—No creo que sea una tarea fácil encontrar la figura —respondió Lindi—. Os vendría muy bien un poco de refuerzo.

Al parecer, a Lindi le interesaba de verdad nuestra banda de detectives. Aunque no era de extrañar que Charly se negara a que entrara en ella. Bastaba con recordar todo lo que Rabanito había tenido que hacer para conseguir que, finalmente, Charly lo aceptase en la agencia.

Pero tal y como era Lindi, no sería tan fácil librarse de ella. Y así fue.

—¿Qué tengo que hacer para que me aceptéis? —quiso saber.

—Una prueba de valor —contesté yo en lugar de Charly—. Por ejemplo quitarle la comida a Precioso.

—¡Eh, tía, eh!

—¡Prueba de valor! ¡Qué chorrada! —dijo Lindi—. Pensé que se trataba del caso. Al fin y al cabo podríamos solucionarlo mejor intercambiando información.

—¿Información? —preguntó Charly—. ¿Qué tipo de información?

—¡Bueno! —dijo brevemente.

Entonces aceleró el paso y dejó a Charly con su pregunta a medias.

—¿A qué se refería con lo de la información? —me preguntó Charly.

—Ni idea. Pero apuesto cualquier cosa a que te lo dirá si la aceptas en la agencia.

Nuestro jefe empezó a darle vueltas a la idea.

Cuando cargados de panecillos salimos de la panadería y nos tropezamos precisamente con el señor Jensen, Charly salió de su ensimismamiento y sacó enseguida su cuaderno.

—¿Qué es lo que escribes? —le pregunté.

—¡Hola, chicos! —dijo el señor Jensen antes de que Charly pudiera contestar—. ¿Habéis entregado ya vuestro hallazgo?

—¡Eh, tío, eh! Hum —dijo Fede intentando retener a Precioso.

Y es que el señor Jensen iba acompañado por su perro.

—El alcalde no estaba en casa —contesté ciñéndome a la verdad.

—Le llevaremos la figura esta tarde —añadió Lindi, no ciñéndose tanto a la verdad.

—Ah, vale —dijo el señor Jensen despacio, nos lanzó una mirada muy rara y desapareció en su pequeño taller.

Precioso se despidió de su amigo con un suave gemido y un fuerte silbido.

—¿Qué es lo que has estado escribiendo todo el rato? —pregunté de nuevo a Charly.

—Ahora no —murmuró—, Lindi puede oírnos. ¿Tu información tiene algo que ver con el señor Jensen? —preguntó entonces a Lindi en voz alta.

Entonces le miré, sonreí levemente y me encogí de hombros.

—¡Sé razonable, Charly! —dije—. Así no llegarás a ninguna parte.

Durante el resto del camino al *camping*, nuestro jefe permaneció callado. Sin embargo, casi podía oír los pensamientos que daban vueltas dentro de su cabeza.

No fue el único que no abrió la boca durante el regreso. Mi hermano no había dicho nada desde que habíamos salido del *camping*.

—¿Te pasa algo, hermanito? —le pregunté.

—No.

—¿Y por qué no dices nada?

—Por nada.

Algo apenaba a mi hermano. Siendo su hermana melliza, lo noté enseguida. Pero también sabía que tenía que esperar un tiempo determinado para que mi hermano desembuchara.

Poco después del desayuno, Lindi consiguió

que Charly cediera. Era asombroso ver lo bien que lo conocía aunque sólo hiciera unos cuantos días que estaban juntos.

Me di cuenta del gran esfuerzo que tuvo que hacer Charly para aceptar finalmente.

—¡Vale! ¡Estoy de acuerdo en que colabores en este caso!

Lindi le estrechó la mano.

—¡Hecho!

Charly vaciló en apretarla.

—¡Eh, tío, eh! ¿Y a nosotros no se nos pregunta o qué?

—¿No estás de acuerdo? —le preguntó Charly.

—Sí.

—¿Más quejas? —preguntó mirando alrededor.

—¡Sí! —dijo Berti—. ¡Yo también quiero colaborar!

—¡Olvídalo! —le bufó Lindi enseguida.

Con unas palabras muy poco amables para su hermana, Berti se largó despacio.

Yo no recuerdo haber tratado nunca así a mi hermano. Por otro lado, tampoco tenía interés en que

Berti colaborara con nosotros porque estaba bastante harta de sus constantes protestas.

Apenas habíamos terminado de fregar los platos, cuando «Gran Siggi» nos llamó para la salida.

—¡Hoy vamos a hacer una excursión a las dunas! —dijo nuestro tutor categórico, después de asegurarse de que nuestras tiendas estaban en un estado impecable.

—Allí se…

—Allí se puede observar muy bien la flora y la fauna —dijo la señora Machwitz alegre.

Una vez en las dunas, nos dimos cuenta de que la flora consistía en hierba que picaba; y la fauna, en mosquitos.

—¡Estos bichos me van a devorar! —dijo Charly enfadado, dándose palmaditas alternativamente en los brazos y las piernas.

—Es que eres tan dulce... —dijo Lindi, mirándolo con una sonrisa.

Charly hizo una mueca y entonces miró en dirección a la manada de los elefantes que, sorprendida, acababa de reunirse alrededor de una pequeña flor amarilla.

—Ahora es un buen momento —dijo Charly dándose importancia—. ¿Cuál es la información que puedes ofrecernos?

—Primero tienes que decirme qué has escrito en tu cuaderno —respondió Lindi.

Charly murmuró algo incomprensible pero enseguida sacó su cuaderno, lo abrió y carraspeó.

—«Avistado sospechoso principal con su perro a las ocho horas y veintitrés minutos delante de la panadería de Sønderho, Fanø.»

—¡Eh, tío, eh! ¿Acaso te refieres al señor Jensen?

—¡Por supuesto! ¿A quién si no?

—¡Hombre, Fede! ¡Pues es bien sencillo! Él vende joyas y figuras de ámbar. Además, él conocía la existencia de la figura.

—Pero también lo sabía más gente —replicó Lindi.

—¡Pero él es el único experto! Bueno, y ahora quiero que nos des tu información.

—Seguro que es más interesante —dijo Lindi—. Es que yo también me desperté esa noche. Antes de que preguntes, era poco después de las doce de la noche.

—Vaya —dijo Charly brevemente, sin dejar de escribir en su cuaderno—. ¿Y?

—Miré un momentito fuera y pude ver una sombra que corría por el *camping* y que desapareció después en la oscuridad.

—¡Eh, tío, eh! ¿Acaso era el obispo?

Lindi se encogió de hombros.

—No tengo ni idea. Pero, de todas formas, tenía un aspecto bastante inquietante.

Fede se estremeció.

—¡Eh, tío, eh! ¿Os lo imagináis? ¡Tal vez quien

me ha quitado la figura del pantalón era un fantasma!

—¡Fede, no digas tonterías! —dije.

—¿Y quién dice que son tonterías? —respondió Charly, y cerró su cuaderno—. ¡Siempre hay que estar preparado para lo más descabellado!

—¿De verdad? —pregunté a Lindi en voz baja, cuando Charly ya no podía oírnos—. ¿De verdad viste esa sombra la noche pasada?

Lindi me miró con asombro.

—¡Naturalmente! ¿Pero tú qué crees? ¿Que acaso estoy mintiendo?

Mientras tanto, la manada de elefantes ya se había hartado de mirar la pequeña flor amarilla y «Gran Siggi» nos animó a que avanzáramos por las dunas.

Nos quejamos y nos reímos al mismo tiempo. Incluso Fede volvió a estar de buen humor. Sólo mi hermano andaba con una cara de amargura que parecía que había batido el récord en comer limones.

Me fui en su busca. Había quedado ya tan atrás que era imposible que los demás nos oyeran.

—Bueno, hermanito —dije tan decidida como pude—, ahora quiero saber qué te pasa.

Rabanito me miró con cara de misericordia.

—¿Qué quieres que me pase? ¡Nada! No sé qué quieres decir.

—¡Lo sabes muy bien! —le bufé.

A veces necesita ese tipo de trato. Y también esta vez me dio buen resultado.

Respiró hondo y soltó un fuerte suspiro.

—Todos se ríen de mí —dijo—. Porque soy pequeño y porque siempre tengo miedo.

Realmente, Lindi lo había descrito muy bien. Incluso yo querría ofrecerle protección y consuelo. Y, de repente, supe exactamente cuál era su problema.

—Es por lo de hoy por la mañana, ¿verdad? Cuando llamaste a Lindi «mamá» sin querer.

—¿Y por qué me llamó Óscar? —dijo Rabanito—. Mamá es la única que me llama así. ¿Por qué lo hizo? ¿Acaso quería burlarse de mí?

Con mucho gusto le habría dicho cuál era el motivo verdadero, pero le había prometido a Lindi mantener la boca bien cerrada.

—Pues no te lo tomes tan a pecho —dije en su lugar—, seguro que nadie se acuerda.

Rabanito se puso de morros.

—¡Pero yo sí!

Miré hacia donde se encontraban los demás para estar bien segura de que nadie nos veía. Entonces abracé a mi hermano.

—Sé exactamente lo que vales —le dije y, sin querer, pensé en Lindi y en Berti.

Después de haber brindado un gran banquete a la mitad de los mosquitos residentes en Dinamarca, con los pies repletos de hierba molesta, y con la inspección detallada de cada una de las pequeñas flores por parte de la manada de elefantes, «Gran Siggi» dio la señal de regreso. Sus amigos excursionistas y él iban a la cabeza, mientras que nosotros cojeábamos detrás.

De repente, Charly se detuvo y empezó a saltar.

—¡Eh, tío,eh! ¿Qué te pasa? ¿Te ha entrado un mosquito en el pantalón?

—¡Tonterías! He visto algo. Detrás de la duna, allá al fondo —dijo sin dejar de brincar.

—¿Y qué es lo que has visto? —pregunté.

—¡Creo haber visto al obispo!

—¡Deja ya de dar saltos estúpidos y vamos hasta allí! —dijo Lindi a modo de orden.

—¿Y tu padre qué? —preguntó Rabanito—. No tengo ganas de que nos eche la bronca otra vez.

Lindi hizo un gesto negativo con la mano.

—No te preocupes. De mi padre ya me encargaré yo.

Como ya lo había demostrado en otras ocasiones, dejamos que la manada de elefantes se fuera, nos agachamos y nos fuimos a escondidas en la dirección que Charly había señalado.

Unos cuantos pasos y ya sabía que nuestro jefe tenía razón. Es cierto que no conseguimos ver al obispo de Fanø pero, en cambio, nos enteramos de por qué había recibido ese nombre tan extraño.

—¡El báculo pastoral! ¡El báculo pastoral!

Charly tuvo que reprimirse para no gritar tan fuerte como Berti.

Por un breve instante, yo también logré ver el raro y largo bastón que sobresalía tras una duna. Sin embargo, parecía tener poca semejanza con un báculo pastoral verdadero, excepto que, por lo visto, era más alto que el obispo pues no pudimos verlo a él. Además, había algo atado en el bastón. Desgraciadamente, desapareció tan deprisa de nuestro campo visual que no pudimos averiguar qué era.

—¡Venga, sigámosle! —dijo Charly categórico—. Tengo la impresión de que ahora sabremos quién es de verdad ese obispo.

A Charly, sus impresiones le habían decepcionado más de una vez. Y esta ocasión no fue una excepción.

No obstante, fue por culpa de Precioso. Hasta ahora se había librado de la molesta hierba porque Fede lo llevaba en brazos. Parecía gustarle hasta que, de repente, empezó a ladrar y a silbar, saltó de los brazos de Fede y corrió en dirección adonde habíamos visto desaparecer el báculo pastoral.

—¡No me lo puedo creer! —dijo Charly—. ¡Ese estúpido perro va a espantar a nuestro obispo!

—¡Eh, tío, eh! Precioso no es ningún perro estúpido.

—¡Sí que lo es!

Quién de los dos tenía razón ya no era importante. El obispo había desaparecido y era así. Pero, en cambio, enseguida nos dimos cuenta de por qué Precioso se había comportado de esa manera. Prácticamente en el mismo lugar donde había desaparecido el báculo pastoral apareció el perro del señor Jensen.

Si Precioso y él hubieran sido personas, se habrían dado un fuerte abrazo de amistad. Giraban el uno alrededor del otro ladrando y meneando la cola y, cuando el amigo danés daba un paso, a Precioso le tocaba dar cinco.

Después de unas cuantas vueltas, el pastor alemán parecía haberse cansado de saltar y brincar de alegría y se fue corriendo hacia la playa. Precioso se precipitó silbando detrás de él.

—¡Eh, tío, eh! ¿Adónde vas? ¡No te metas en el agua! ¡Es demasiado peligroso!

Lo último que le interesaba ahora a Precioso eran las preocupaciones de Fede. Encantado de la vida, se fue jadeando detrás de su amigo danés que le enseñaba cómo se divertía un perro en la playa. Se acercó al galope a una bandada de gaviotas que dormitaba en la arena. Cuando las gaviotas vieron al perro, se acabó la tranquilidad. Muy furiosas y echando pestes contra el perro del señor Jensen, alzaron el vuelo.

Precioso había entendido enseguida el juego. Dando sólo media vuelta descubrió la siguiente bandada.

—Por el momento, ya podemos olvidarnos de él —dije.

—¿Cómo que «por el momento»? —preguntó Charly—. Siempre podemos olvidarnos de él. ¡Solamente por una vez! ¡Me gustaría, solamente por una vez, ver que Precioso se comporta como un verdadero perro detective!

—¡Eh, tío, eh! Precioso se comporta más a menudo como un verdadero perro detective que tú como detective.

—¡Mirad quién viene por allí! —interrumpió Rabanito a los dos gallos de pelea.

—Hola, señor Jensen —dijo Lindi—, su perro está jugando con Precioso.

—¡Ya lo sé! —dijo el señor Jensen sonriendo—.

Hace mucho tiempo que le regaño para que deje en paz a las gaviotas, pero no hay manera.

—¿Qué hace por aquí? —preguntó Charly, arqueando las cejas.

Ya había sacado de nuevo su cuaderno de notas.

Durante un instante, el señor Jensen lo miró con aire perplejo. Entonces se echó a reír.

—¡Claro! —dijo—. ¡Vosotros sois detectives! ¿Queréis interrogarme?

—Eh, no sé —dijo Charly, e hizo desaparecer rápidamente el cuaderno.

Desde luego, Lindi se cortaba menos.

—¿Ha visto al obispo? —preguntó sin rodeos.

—¿A quién? —quiso saber el señor Jensen.

—Xaver nos habló de un supuesto fantasma —dije—. Al parecer le llaman el obispo de Fanø.

El señor Jensen negó con la cabeza.

—¡Vaya con Xaver! ¡Cuenta cada cosa…!

—¿Significa eso que no lo conoce? —preguntó Charly.

—No conozco a ningún fantasma —respondió

el señor Jensen y volvió a negar con la cabeza—. Ahora tengo que ocuparme de mi perro.

Dicho esto, se marchó.

Encuentro 6: Un perro en la cesta de la compra

Charly le siguió con la mirada.

—¡Sospechoso! ¡Muy sospechoso!

Yo no dije nada porque no quería echar más leña al fuego. Pero, de hecho, el comportamiento del señor Jensen también me había parecido muy extraño cuando le hablamos del obispo de Fanø.

—Vamos tras él —propuso Charly.

—¿Para qué? —replicó Lindi.

—Deberíamos tomarle el pulso al señor Jensen. Seguro que sabe algo más acerca del obispo. Quizá hasta sea él mismo.

Lindi miró a Charly con una sonrisa.

—¡Vaya tontería!

Seguramente, nuestro jefe le hubiera replicado si en ese mismo instante no hubiéramos oído un fuerte silbido y un chillido ensordecedor.

—¡Mi hermano! —dijo Lindi suspirando.

—¡Eh, tío, eh! —gritó Fede—. ¡Y Precioso!

Los dos echaron a correr a la vez.

Poco después, cuando todos nos reunimos de nuevo en la playa, averiguamos que los causantes del ruido, efectivamente, habían sido Berti y Precioso. Berti lloriqueaba frente a un montoncito de arena y nuestro perro, consciente de su culpabilidad, silbaba a través de su diente mellado. No tardamos mucho en enterarnos de qué había pasado.

Al parecer, Berti se había evaporado durante nuestra excursión por las dunas. Y como suele ocurrir muchas veces, nadie se había dado cuenta. Se había entretenido construyendo una fortaleza con murallas y una fosa. No obstante, ésta fue conquistada. ¡Por Precioso! Y, por supuesto, debidamente destruida.

—¡Ha destruido mi fortaleza! —se quejó Berti—. ¡Era una fortaleza muy bonita!

—¡Eh, tío, eh! Lo siento.

—Te ayudaré a reconstruirla —dijo Rabanito enseguida.

¡Típico de mi hermano!

—¿Ahora vas a entretenerte en construir una fortaleza de arena? —le bufó Charly a Rabanito—. ¡Tenemos que ocuparnos de nuestro caso!

—Precioso la destruyó —replicó Rabanito—, así que tenemos que volver a construirla.

—¡Si es así, que le ayude Precioso! —resopló Charly.

De un brinco, Lindi se plantó entre Rabanito y Charly y cerró los puños.

—¿Por qué no dejáis que Óscar haga lo que quiera?

—¿Óscar? —preguntó Charly perplejo—. ¿Querrás decir Rabanito, no?

—No, ¡quiero decir Óscar!

Fue obvio, demasiado obvio. Por lo menos, si Lindi quería mantener el secreto de que le gustaba mi hermano.

Sin embargo, Charly tardó unos segundos en entenderlo del todo. Entonces sonrió a Lindi, con aire de ironía, y alzó los brazos.

—¡Oh, perdón! ¡Si es así, «Óscar» puede hacer lo que quiera, claro está!

Con la boca abierta, Rabanito miraba alternativamente a Charly y a Lindi. A juzgar por el color de su cara, incluso había logrado entender lo que estaba ocurriendo. Entonces se agachó deprisa e intentó arreglar la fortaleza de Berti.

Como siempre, los niños tuvimos que fregar los platos después del almuerzo mientras que la manada de elefantes se tumbaba al sol.

—¿Crees en serio que el señor Jensen y ese obispo tan raro podrían ser la misma persona? —pre-

guntó Rabanito, mientras limpiaba los restos de comida de un plato.

Charly le quitó el plato y lo sumergió en el agua del prelavado.

—Tenemos algunos indicios que nos confirman que es así.

—¿Indicios? —resopló Lindi, y echó el plato en el agua con jabón.

—¡Eh, tío, eh! —dijo Fede mientras frotaba el plato con un trapo de cocina—. ¿De qué sirve saber quién es el obispo? ¡Más nos valdría encontrar la figura perdida! ¡Me imagino que «Gran Siggi» todavía sigue sin creer que alguien me la ha robado!

—¡Yo me apunto! —dijo Berti.

—¡Olvídalo! —replicó su hermana—. ¡Más vale que ordenes los platos!

—Hoy tenéis día libre —anunció «Gran Siggi», después de haber comprobado que habíamos fregado los platos satisfactoriamente—. ¡Yo necesito descansar un poco de vosotros!

Nosotros también necesitábamos descansar de él, pero preferí no comentarlo en voz alta.

—Sin embargo, antes tenéis que buscar de nuevo esa figura de ámbar —añadió nuestro tutor, asustándonos a todos.

—¿Otra vez? —se quejó Lindi—. ¡Pero si ya hemos estado buscándola!

—¿Y? ¿Ha aparecido?

—Eh, no.

—¡Entonces, continuad buscándola!

Incluso Lindi parecía saber que, en determinadas situaciones, más valía no contradecir a su padre. Así que volvimos a registrar nuestras tiendas y el *camping* en busca de la figura de Fede.

—Si Precioso fuera un verdadero perro rastreador, no haría falta que anduviésemos a cuatro patas por aquí —refunfuñó Charly.

—¡Eh, tío, eh! ¡No la ha encontrado porque no está por aquí, eso es todo! —dijo Fede—. Porque Precioso es el más inteligente...

—¿Y con qué sueñas por las noches? —le interrumpió Charly.

—¡Eh, tío, eh!

—¿Podéis dejad de discutir por tonterías? —suspiró Rabanito, y Lindi le lanzó una mirada reconfortante.

Eso provocó que mi hermano volviera a tener un color de cara muy saludable.

—¿No quiere ayudarnos? —le pregunté a Xaver, que nos observaba a cierta distancia.

Nuestro vikingo bávaro alzó los brazos.

—¡Ni hablar! ¡Trae mala suerte! ¡Bueno! Seguro que la desaparición tiene su explicación.

—¡Eh, tío, eh! —resopló Fede—. ¡No está bien de la cabeza!

Charly dejó caer el saco de dormir que acababa de sacudir con cara de asco y sacó su cuaderno de notas.

—¿Y ahora qué pasa? —preguntó Rabanito.

—Creo que Xaver se comporta de una manera muy sospechosa —contestó Charly, mientras anotaba algo.

Nosotros preferimos no decir nada y seguir buscando, sin éxito.

—Ni rastro de la figura, papá —dijo Lindi finalmente—. ¡Hemos buscado por todas partes, de verdad!

«Gran Siggi» arqueó las cejas pero al final se conformó.

—Deberíamos aprovechar el tiempo para vigilar al señor Jensen —dijo Charly, cuando «Gran Siggi» se hubo marchado para asesorarse con el resto de la manada de elefantes sobre cuál sería la mejor forma de descansar.

—¡Tonterías! —respondió Lindi.

—¿Sabes decir algo más que la palabra «tonterías»? —le bufó Charly.

—¡Pero si tú no paras de decir tonterías! —replicó Lindi—. ¿Vigilar al señor Jensen? ¿Para qué? ¿Por qué no vamos a la policía? Tal vez tengan algún que otro dato que darnos y viceversa.

Charly podría haber hecho exactamente la misma propuesta pero no la había hecho. Por lo tanto estaba en contra.

—¿Para que nos quiten al ladrón delante de nuestras narices? —dijo—. ¡Ni hablar!

—Yo también estoy en contra —dije enseguida.

En casa, Charly y yo ya habíamos hecho el ridículo con la policía un montón de veces. ¿Por qué iba a ser diferente aquí?

—Entonces, votemos —propuso Lindi, pero sonó más bien como una orden.

—Muy bien —resopló Charly—, Estefi y yo ya estamos en contra. Fede, ¿y tú qué?

A Fede se le notaba que aún no había olvidado la pequeña discusión con Charly sobre Precioso.

Por eso no fue ninguna sorpresa para mí cuando dijo:

—¡Eh, tío, eh! ¡Yo estoy a favor de ir a la policía!

Ahora todo dependía de mi hermano. Normalmente, en ese tipo de votaciones, Rabanito siempre espera que yo emita primero mi voto para entonces opinar lo mismo. Y ya había alzado el dedo señalándome a mí, cuando Lindi le dijo:

—¡Me imagino que también estarás a favor de ir a la policía!

Sonreía a mi hermano y parecía estar a punto de pestañear.

Rabanito la miró con ojos como platos y no dejaba de tragar saliva continuamente.

—Sí, policía —susurró.

—¡Traidor! —le bufó Charly entre dientes.

Pero, probablemente, Rabanito ni siquiera lo oyó. Ya no era capaz de apartar su mirada de la hija de «Gran Siggi».

—Entonces, policía —dijo radiante.

Estaba clarísimo: ¡los chicos son tan tontos...!

—Nos vamos a Nordby —dijo Lindi con tono de comandante—. Allí hay una comisaría de verdad.

—¿Cómo lo sabes? —preguntó Charly.

Lindi le sonrió con aire de superioridad.

—Me he informado. Y, además, incluso ya sé cómo llegar. Xaver tiene algunas bicicletas que alquila a sus huéspedes. Las podemos coger.

—¡Eh, tío, eh! —suspiró Fede—. ¿Queda muy lejos?

—No demasiado —respondió Lindi—. A unos

veinte kilómetros aproximadamente. Tal vez un poquito más.

Fede se puso pálido.

—¿Y qué hacemos con Precioso?

—¡Que venga andando! —gruñó Charly.

—¡Eh, tío, eh!

Fede tuvo mucha suerte. De una de las bicis oxidadas y caducas colgaba una pequeña cesta.

Al parecer, a nuestro perro le gustó muchísimo esa cesta, pues había erguido su oreja y media y olfateaba el viento mientras que Fede jadeaba dándoles a los pedales.

—Por delante de nuestra casa a veces pasa una abuelita en bicicleta con su perrito cuando va al mercado —dijo Charly—, y se parece a ti.

—¡Eh, tío, eh! —dijo Fede con la lengua fuera.

De más no fue capaz porque el viento nos golpeó muy fuerte en la cara. Además, las bicis parecían ser de una época anterior a la invención de las marchas.

Durante nuestro primer viaje de Nordby a Sønderho en el minibús de Xaver, ya me había percatado del camino para bicicletas, un poco apartado de la carretera general que cruzaba toda la isla.

Si el viento no hubiera sido tan fuerte y si Fede no se hubiera quejado sin parar, incluso hubiera disfrutado de nuestra excursión en bici.

Después de dos paradas y una operación de rescate a Precioso, que se había quedado atrapado en una mata del bosque cuando intentaba cazar a un conejo, apareció por fin Nordby.

—¡Ojalá el esfuerzo valga la pena! —murmuró Charly, en voz muy baja para que Lindi no pudiera oírlo.

Me preguntaba si, mientras tanto, nuestro jefe estaría empezando a tener miedo de la hija de «Gran Siggi».

Tardamos un buen rato en encontrar, entre todos los turistas que pululaban por Nordby, un autóctono que nos entendiera y nos pudiera describir el camino a la comisaría. Por fin, ya estábamos justo delante.

Charly respiró hondo.

—Bueno. Vamos a entrar. Yo me encargaré de las negociaciones.

Esperaba una airada protesta por parte de Lindi, sin embargo, ella no dijo nada.

Gracias a Charly conocía mucho mejor de lo que hubiera deseado todas las comisarías de nuestra ciudad. La comisaría de Nordby tampoco fue ninguna excepción.

Tuvimos suerte. El primer policía que se nos cruzó ya nos entendió.

—Entonces, vosotros sois unos turistas —constató, y nos sonrió amablemente antes de que alguno de nosotros abriera la boca.

—¡Eh, tío eh! ¿Cómo lo sabe? —dijo Fede.

El poli se rió aún más.

—Se nota. ¿Qué puedo hacer por vosotros?

Charly carraspeó y puso una cara con la que, probablemente, creía poder impresionar a alguien.

—Tenemos que denunciar un asunto extremadamente desagradable.

El policía puso los ojos como platos. Entonces su mirada recayó sobre Precioso.

—¿Se trata del perro? ¿Es víctima de malos tratos?

—¿Qué? ¡Ah, no! —balbuceó Charly—. Siempre ha sido así.

—¡Ah, vale! ¿Entonces qué pasa?

Charly abrió la boca pero Lindi fue más rápida. Empujó a Charly a un lado y se plantó delante del policía.

—Éste encontró una va-

liosa figura de ámbar —dijo señalando con el dedo a Fede y a Precioso que silbaba en sus brazos.

—¿El perro?

—¡Eh, tío, eh!

Lindi negó con la cabeza.

—No, el chico. Y la figura desapareció.

—Probablemente fue robada —interrumpió Charly.

El policía alzó los brazos.

—Vayamos por partes, amigos. Poco a poco. ¿De qué figura se trata y quién la robó?

Lindi le contó la historia sin que Charly tuviera la más mínima posibilidad de, ni siquiera, abrir la boca. Poco a poco, nuestro jefe empezaba a darme pena.

—Vaya —fue lo único que dijo el policía cuando la hija de «Gran Siggi» terminó la historia.

Menos mal que no había mencionado lo del obispo de Fanø.

—Un caso asombroso, ¿verdad? —dijo Charly finalmente.

—Bueno —dijo el policía despacio—, parece que se ha extraviado una figura de ámbar.

—¡Sí! —intervino Charly—. ¡Ya lo dije yo desde un principio! ¡Al parecer se trata de una banda internacional! ¿No tiene algún dato? Podríamos trabajar juntos en el caso.

El policía miró a Charly con cara de perplejidad.

—¿Cómo?

—Tiene que saber que también somos detectives. ¡Agencia de detectives Charly & Company!

—Ya —dijo el policía aún más despacio y le costó visiblemente contener la risa—, desgraciadamente no tengo ningún dato para vosotros. ¿Por qué no preguntáis en el museo de ámbar de Esbjerg? Seguro que saben mucho más sobre figuras antiguas de ámbar.

—¿Pero acaso no quiere solucionar este caso? —preguntó Charly con aire de desesperación—. Seguro que podríamos ayudarle.

—Cuando tengamos tiempo, nos ocuparemos del asunto. No lo dudéis. Tomaré nota de vuestros nombres y vuestro domicilio aquí en Fanø, por si acaso.

—¿Y nuestras huellas dactilares? —preguntó

Charly, cuando le habíamos dicho quiénes éramos y en qué *camping* nos alojábamos.

El amable policía respiró hondo.

—No, gracias, no las necesitaremos.

La expresión de la cara del policía nos indicó que nuestra visita había llegado a su fin.

Montamos de nuevo en las bicicletas y emprendimos el camino de regreso.

—¡No hemos conseguido nada! ¡Nada en absoluto! —dijo Charly, furioso, dirigiéndose a Lindi.

Ésta no tardó en reaccionar.

—¡Pero no por mi culpa! ¡Agencia de detectives! ¡Banda internacional! ¡Huellas dactilares! ¡Qué chorradas!

Muchas otras veces yo misma había tomado el pelo a Charly, porque se cree que es el digno sucesor de Sherlock Holmes. Por consiguiente, debería haberle dado toda la razón a Lindi. ¡Pero todo lo contrario! Estaba enfadada con ella. Probablemente porque había insultado a Charly. Aunque me contuve y no dije nada. Por el momento.

Encuentro 7: El baile de los vikingos

El viento en contra tiene la ventaja de convertirse a favor cuando cambias de dirección. Así que el camino de Nordby a Sønderho fue muchísimo más agradable que el de ida.

No obstante, mi hermano se quedó rezagado, igual que en la excursión por las dunas.

Ya me temía que seguía padeciendo su complejo de inferioridad. ¡Pero más bien fue al revés!

—¿Sabes lo que Lindi quiere de mí? —me preguntó cuando llegué hasta él con la bici.

—¿No te lo imaginas, hermanito? —respondí a su pregunta con otra—. Te encuentra muy mono.

Había decidido que ya no estaba vinculada a la promesa que le había dado a Lindi. Al fin y al cabo, había actuado con tanta evidencia que incluso Rabanito se había dado cuenta.

—¡Vaya tontería! —dijo, no obstante, y enseguida, se puso rojo como un tomate.

—¿Ah, sí? Y entonces, ¿por qué se te comía con los ojos?

—¡Te lo estás inventando!

—¡Como quieras! —respondí.

¡Allá él! A fin de cuentas, a mí tanto me daba.

Volví a darle un poco más de caña y me uní a los demás. En cambio, Lindi redujo la marcha para colocarse al lado de mi hermano.

Si no me equivoco, no intercambiaron palabra alguna. A veces, me giraba a mirarlos. Y siempre, Lindi miraba a Rabanito con ojos radiantes. Rabanito en cambio miraba tozudamente hacia delante con las orejas rojísimas. A veces no me entra en la cabeza el poco entendimiento que tienen los chicos.

Debería conocer mejor a nuestro tutor. En efecto, debería haber intuido que algo no iba bien cuando lo vi plantado en la entrada del *camping* de Xaver. Sin embargo, no sospeché nada en absoluto. Probablemente porque, al estar de vacaciones, me había ido relajando poco a poco.

De todas formas, lo saludé alegremente.

—¡Hola, señor Schlüter! ¿No le apetece dar una vuelta en bici?

—¡No estoy para bromas, Estefi! —resopló tan fuerte hacia mí que Precioso saltó de la cesta del susto.

Casi a la vez frenamos todos con fuerza y nos detuvimos a una distancia más o menos prudencial delante de nuestro tutor.

No sirvió de nada. «Gran Siggi» acercó sus carnes hacia nosotros. Si me hubiera dado cuenta antes de la cara que llevaba, seguro que habría renunciado a saludarle tan alegremente.

Como si nos estuvieran esperando, detrás de «Gran Siggi» aparecieron también la señora Schlüter y la señora Machwitz.

Y como si no fueran suficientes, también se acercaron Kitty y Kathy seguidas por Berti.

—¿Por qué no me habéis llevado con vosotros? —preguntó Berti, con voz enérgica desde lejos—. ¡Papá está de un humor de perros!

—¿Qué? —replicó Lindi—. ¿Por qué no te hemos llevado?

—No es por eso, Sieglinde —contestó su padre con una voz peligrosamente baja—, aunque celebraría que te ocuparas un poquito más de tu hermano.

—¡Vino la policía! —chilló Berti—. ¡Nos han interrogado!

—¡Cállate, Siegbert! —le bufó «Gran Siggi».

—¡Pero si teníamos permiso para coger las bicicletas! —dijo Rabanito con voz temblorosa—. ¡Se las pedimos antes a Xaver!

—¿La policía? —preguntó Charly—. ¿Un nuevo caso?

«Gran Siggi» dio un paso hacia delante en dirección a Charly y le lanzó una mirada tan profunda que el pobre se encogió hasta quedar del tamaño de un triciclo.

—¡Ningún caso nuevo, Charly! Apuesto cualquier cosa a que ha sido idea tuya.

Empezaba a comprender qué era lo que había pasado.

—¿La policía vino por lo de la figura de ámbar?

«Gran Siggi» respiró hondo.

—¡Naturalmente! ¡Resultó muy desagradable para nosotros! ¡Ya lo creo, ya!

—¿Por qué no...

—¿Por qué no nos habéis dicho nada de vuestros planes? —preguntó la señora Machwitz.

—Eh —contestó Charly.

—Eh —le bufó «Gran Siggi»—, ¿qué pasa, Charly? ¡Tú siempre tienes respuesta para todo! ¿Por qué demonios habéis tenido que ir a la comisaría sin antes consultarlo conmigo?

—Queríamos denunciar la pérdida —dije yo, acudiendo en auxilio de nuestro jefe.

—¿Y lo de la banda internacional? —preguntó Kathy riéndose, la muy tonta.

—Pues... fue una suposición —contestó Charly despacio.

—¡Queridos amigos! —empezó de nuevo «Gran Siggi»—. ¡Os agradecería mucho que os guardarais vuestras suposiciones para vosotros! No querría que la policía volviera para preguntarnos por una figura de ámbar y nos hablara de unos niños que se han comportado de forma muy extraña. ¿Entendido?

—¡Sí, señor Schlüter! —dijimos al unísono.

—¡Eh, tío, eh! ¿Qué te apuestas a que lo de «forma extraña» se refería a Charly?

—¿Acaso no sois una agencia de detectives? —preguntó «Gran Siggi» de repente.

Pero me pareció ver en su cara una sonrisa maliciosa.

—Eh, sí —contestó Charly despacio.

—Entonces, ya que la policía no consiguió ayudaros y que hoy al mediodía no habéis encontrado la figura, propongo buscarla de nuevo.

—¡Papá, no...! —dijo Lindi—. Ya hemos...

—¡No se hable más! ¡A buscarla! ¡Pero esta vez en serio!

¡Qué remedio!

Registramos de nuevo todos los rincones. E incluso tuve la impresión de que ya conocía todas las hierbas del *camping* en persona.

Berti nos observaba con una sonrisa de satisfacción.

Como era de esperar, esta vez tampoco tuvimos éxito.

—Quizá deberíamos registrar la tienda de «Gran Siggi» y la de los Machwitz —dijo Charly—, aún no hemos mirado por allí.

—¿Por qué no se lo propones a «Gran Siggi»? —dije.

Charly negó con la cabeza.

—No creo que la figura esté allí.

Cuando comunicamos a nuestro tutor que nuestra búsqueda había sido infructuosa, decidimos devolver las bicicletas.

—Muy interesante —dijo Charly, entre dientes, de camino hacia Xaver.

—¡Eh, tío, eh! ¿Qué quieres decir con eso?

—¡Vaya pregunta! La policía ha mencionado la banda internacional. ¡Seguro que significa algo!

—¡Que te toman por un chiflado, por ejemplo! —dijo Lindi.

Charly se dio la vuelta.

—¡No me digas! ¿Y por qué razón?

—¿Y cómo una banda internacional sabía que nosotros teníamos la figura de ámbar? ¡Qué tontería! Tiene que haber sido alguien que conocía la existencia de la figura de Fede.

—Ya había contado con ello —replicó Charly—, porque tu hermano tuvo un comportamiento francamente sospechoso.

—¡Vaya! ¿Y por qué?

—Porque no nos ayudó a buscarla. Tal vez, Berti sabe exactamente dónde se encuentra la figura. Al fin y al cabo, estaba loco por ella desde el principio.

Sin embargo, a mí me preocupaba otra cosa. «Gran Siggi» sospechaba que Charly había tenido la idea de ir a la comisaría. En otra ocasión, le hubiera dado la razón, pero esta vez la idea había sido de su hija. ¿Por qué Lindi no había apoyado a Charly? Es cierto que en Charly & Company nos peleamos a menudo, pero en las situaciones difíciles siempre hacemos piña.

Al parecer, Lindi no opinaba igual.

Esa misma noche nos esperaba aún otra sorpresa.

Los preparativos para la cena transcurrieron con total normalidad. Es decir: Lindi y Berti se pelearon, y Kitty y Kathy intentaron escaquearse del trabajo, Xaver se ocupaba de la hoguera, la manada de elefantes se pavoneaba, y Charly & Company hacía todo lo demás.

A mí, en realidad, me daba lo mismo. Nuestra excursión en bicicleta me había abierto el apetito y me faltaba muy poco para echarme en una pradera y pastar como una vaca.

Por fin estaba todo listo: la hoguera estaba encendida y entonces conseguí una de las primeras salchichas rojas y brillantes. Pero nada más morderla se me quedó el primer trozo atragantado en la garganta.

—¡Qué bien se está ahora, querido Xaver! —dijo «Gran Siggi» de un buen humor muy sospechoso—.

¿No crees que es el momento ideal para la fiesta tradicional de los vikingos?

Como siempre, la palabra «vikingos» provocó un gran entusiasmo en Xaver.

—¡Bien! ¡Es una idea muy buena, señor Schlüter! ¿Pero qué digo? ¡Es una idea excelente!

Lo que vino a continuación fue, simplemente, horrible.

Xaver desapareció dando zancadas. Poco después volvió con un montón de chismes.

Al principio no conseguí ver lo que eran exactamente. Pero a medida que Xaver se acercaba a la hoguera, se evidenció la dimensión del horror.

—¡Eh, tío, eh! —suspiró Fede—. ¡Cascos de vikingos!

Y, efectivamente, Xaver dejó caer al suelo unos cuantos cascos con cuernos de vikingos. Eran de plástico, por lo que pude apreciar.

—¿Acaso tenemos que ponérnoslos? —dijo Kitty.

—¡No cuentes con nosotras! —dijo Kathy.

Aunque no aguantaba a Kitty ni a Kathy, esta

vez estuve de acuerdo con ellas. Pero, desgraciadamente, no sirvió de nada

Poco después todos nos encontrábamos sentados frente a la hoguera con los cascos con cuernos de vikingos puestos. Pero, incluso así, nuestro sufrimiento no había terminado todavía.

Igual que un toro salvaje, Xaver, de repente, comenzó a dar brincos alrededor de la hoguera soltando unos ruidos extraños y esforzándose por no perder el casco de vikingo.

—*Hallo!* —gritó—. ¡Esto sí que es un baile vikingo!

—¿A esto se le llama baile vikingo? —preguntó Rabanito en voz baja—. Si más bien parece un baile indio.

—Sí que podría ser —respondí—, al fin y al cabo, parece que los vikingos descubrieron América antes que Colón.

—*Hallo!* —gritó Xaver de nuevo—. ¡Venid a bailar!

—¡Ah, no! ¡Eso sí que no! —suspiró Charly, debajo de su casco, que le quedaba demasiado grande y no paraba de deslizarse sobre sus orejas y de taparle la visión.

No obstante, «Gran Siggi» se unió enseguida. Se levantó de pronto y empezó a brincar detrás de Xaver. Nunca me hubiera imaginado ver bailar a mi tutor alrededor de la hoguera con un casco de vikingo en la cabeza, ni siquiera en sueños.

Los demás adultos tampoco se hicieron de rogar demasiado. De modo que no tuvimos otra alternativa que apuntarnos a participar también en aquel baile vikingo, o lo que fuera.

Era horrible. ¡Horriblemente vergonzoso! Menos mal que el señor Jensen, u otro descendiente auténtico de los vikingos, no nos vio bailar. Seguro que se hubieran muerto de la risa.

Habíamos sobrevivido al concierto de tubas con la intervención de canto de Precioso incluida, habíamos soportado el ataque de los mosquitos en las dunas y también íbamos a conseguir superar la fiesta vikinga de Xaver.

—A Xaver le falta un tornillo, de verdad —dije

a Lindi, cuando, por fin, habíamos conseguido meternos en nuestros sacos de dormir y yo intentaba quitarme de la cabeza ese canto monótono de nuestro vikingo farolero.

—A mi padre le gusta un montón —comentó Lindi lacónica—, si fuera por él bailaría todas las noches.

—Ya me di cuenta.

—Tal vez fue Xaver quien robó la figura vikinga —dijo Lindi pensativa—. Por lo de los poderes mágicos.

—¡Eres casi peor que Charly! —suspiré.

—¡Charly! —resolló Lindi—. ¡No tiene ni idea! El caso lo voy a resolver yo, así que ya puede decir misa.

De hecho, Lindi seguía cayéndome bastante bien. Pero me ponía de los nervios cómo trataba a Charly, de verdad. ¡Aunque Charly me daba la lata a menudo, seguíamos siendo buenos amigos!

Al parecer, el baile de vikingos de Xaver había dejado más huella de la que me habría gustado.

Así que tuve un sueño muy extraño: Xaver, mis amigos, «Gran Siggi» y el resto de nuestro grupo estaban sentados frente a la hoguera con los cascos y los cuernos en la cabeza y dándole a unos tambores muy extraños, mientras que a mí me tocaba bailar alrededor del fuego. Primero despacio y luego cada vez más deprisa. Estaba ya completamente exhausta, sentía mis piernas cada vez más pesadas, pero Xaver y sus vikingos suplentes no tenían misericordia. Cuando, totalmente agotada, caí al fuego, me desperté. Jadeaba como si hubiera estado bailando de verdad.

Y entonces lo oí.

¿Qué era? ¿Alguien estaba cortando leña? ¿O eran realmente los tambores?

Pero no sólo eran aquellos golpes sordos. Había también otro ruido. No podía distinguirlo bien porque Kitty roncaba muchísimo.

Apenas podía respirar. ¡Tenía que salir enseguida!

Con cuidado pasé por el lado de Kitty para salir.

Justo en el momento en que saqué la cabeza de la tienda, la señora Machwitz se despertó.

—¡Karl-Heinz! —dijo—. ¿Qué es ese ruido?

El señor Machwitz bostezaba fuertemente.

—Yo...

—¡Allí! ¡Ahora ya no se oye! Quizá sólo eran imaginaciones mías. Estoy muy cansada.

Entonces bostezó también muy fuerte.

—Duerme...

—Gracias, cariño.

Con lo fuerte que había hablado la señora Machwitz fue muy extraño que nadie se despertara. Y muy probablemente, el parloteo de la señora Machwitz fue la causa de que los ruidos cesaran.

Me quedé escuchando un rato más. Nada. Silencio total, sin tener en cuenta, claro, los ronquidos de Kitty y del señor Machwitz.

Volví a respirar el aire fresco de la noche y regresé a la tienda.

Apenas había alcanzado mi saco de dormir cuando algo crujió fuera de la tienda. ¡Y entonces vi una sombra! Pasó rápidamente por delante de nuestra tienda. Sin embargo, pude verla con claridad.

Por un momento pensé en volver a salir a cuatro patas para ver qué pasaba. Pero preferí meterme en el saco y cerrar la cremallera hasta arriba del todo.

¿Ir detrás de una sombra misteriosa en medio de la noche? Tampoco hacía falta exagerar.

Encuentro 8: ¿Ladrones de ámbar en el museo?

Al día siguiente, ya casi había olvidado mis aventuras nocturnas, hasta después del desayuno.

El señor Machwitz carraspeó.

—Esta noche, mi mujer...

—Exactamente —dijo la mujer del señor Machwitz, que había llegado tarde a desayunar porque se había quedado dormida—, esta noche he oído unos ruidos muy extraños. ¡Inquietante! ¡Muy inquietante!

—Y una sombra —añadí—. Yo oí también esos ruidos. Y poco después vi una sombra.

Charly se estremeció como electrizado.

—¿Ruidos? ¿Una sombra nocturna?

En un abrir y cerrar de ojos sacó su cuaderno.

Me arrepentí enseguida de haber abierto la boca. Pero ahora no tenía otro remedio que contar mis aventuras nocturnas.

—¿Quizá un pájaro carpintero? —preguntó tímidamente la señora Schlüter—. También hacen ruidos extraños.

—¡Querida mía! —resonó la voz de «Gran Siggi»—. Un pájaro carpintero no hace sombra en una tienda al pasar. Probablemente se trataba de un huésped o de Xaver en su ronda de control.

—O del obispo de Fanø —añadió Charly, con voz macabra sin dejar de escribir en su cuaderno.

El señor Machwitz carraspeó.

—¿Dónde está Xaver...?

—¡Exacto! ¿Dónde está Xaver? Yo no lo he visto todavía —dijo Charly.

—Está intentando conseguir unos pasajes con descuento para el ferri —contestó «Gran Siggi»—. Habíamos pensado en hacer hoy una excursión a Esbjerg.

¡Por fin una buena propuesta por parte de nuestro tutor! Esbjerg estaba en tierra firme y era una ciudad porteña. La isla me gustaba bastante, pero tampoco tenía nada en contra de la vida en la ciudad.

Como cuando llegamos a la isla, Charly se encontraba apoyado en la borda del ferri.

—El delincuente está aún en la isla —les contaba a las gaviotas—. No ha abandonado todavía el lugar del crimen.

—¿Vas a vomitar? —preguntó la señora Schlüter, que se hallaba dos pasos detrás de nosotros—. ¿No te encuentras bien? ¿Estás mareado? ¡Espera, voy a buscar una bolsa!

Se marchó corriendo.

Estupefacto, Charly la siguió con la mirada. Entonces, casi se desmayó.

—Un día —dijo con voz temblorosa—, un buen día, me tomarán en serio.

Sin pronunciar más palabras y con los hombros caídos, avanzó despacio hacia la escalera que conducía a la cubierta superior.

—¡Idiota! —oí decir a Lindi, que estaba mi lado.

Ahora sí que había llegado al límite.

Me volví hacia ella.

—¡Escúchame bien! ¡Charly quizá está un poco loco! ¡También es bastante pesado, pero no es ningún idiota! ¡Es nuestro amigo! ¿Entendido?

Lindi me miró con ojos de sorpresa. Entonces alzó los brazos.

—¡Tranqui! ¡No hace falta que te pongas así!

Yo no le contesté, sino que seguí a Charly a la cubierta superior. No sabía por qué pero tenía la impresión de que me necesitaba.

Lo encontré en el rincón más extremo de la cubierta superior. Sentado en un banco con la mirada perdida. Me senté a su lado.

—Sé perfectamente que a veces me burlo de ti —dije, después de estar un buen rato sin cruzar palabra—, pero, desde luego, soy…

—Tres sospechosos —me interrumpió Charly—, hay tres sospechosos.

—¿Cómo? —fue lo único que solté.

—¡Está más claro que el agua, Estefi! —dijo Charly—. Xaver, por pensar que la figura tiene poderes mágicos; Berti, por estar loco por ella desde el principio; y, naturalmente, el señor Jensen.

—¿Naturalmente?

—¡Claro que sí! Probablemente, el obispo de Fanø sea él.

—A ver, Charly…

—¡El museo! —me interrumpió de nuevo.

—¿Cómo?

—¡El museo, Estefi! ¡El policía nos dijo que allí saben mucho de las antiguas figuras de ámbar!

—Es posible.

Charly afirmó enérgicamente con la cabeza.

—Quiero que Lindi convenza a su padre cuando estemos en Esbjerg, para ir al museo. Que, por lo menos, haga algo.

Como si yo fuera transparente, se levantó de golpe y bajó corriendo por las escaleras. Le seguí con la mirada preguntándome por qué demonios me había preocupado por él.

El puerto no estaba muy lejos del centro de Esbjerg. Pero bastó para convencer a «Gran Siggi» de hacer una visita al museo.

—¡Seguro que será muy instructivo! —dijo Lindi, como punto final a su explicación.

—Muy buena idea, hija mía —resonó la voz de nuestro tutor—. ¡Vamos al museo de ámbar!

—¡Pero antes quiero un helado! —dijo Berti.

—De acuerdo.

Lindi se volvió hacia Charly y le lanzó una mirada con la que parecía querer decir que, sin ella, nunca lograríamos solucionar el caso.

—Poco a poco, me está enfadando —resopló Charly.

No solía pasar con frecuencia pero, esta vez, no tuve más remedio que darle toda la razón.

Esbjerg me gustó mucho, la verdad. Especialmente las largas calles comerciales. Había mucho para ver. Paseamos todo el tiempo por las tiendas mirando los escaparates.

A Lindi, en especial, le interesaban las *boutiques*. Se detenía delante de todas y explicaba a Rabanito qué prendas eran las que le sentaban mejor y lo que debía ponerse para tener un aspecto más guay. Con las orejas superrojas, el pobrecito de mi hermano estaba junto a ella y, probablemente, no tenía ni idea de qué demonios le estaba hablando.

—¡Eh, tío, eh! —se quejó Fede después de un rato—. ¡Pensaba que íbamos a comer un helado!

—¡Muy buena idea! —dijo el señor Machwitz.

La señora Machwitz se estremeció.

—Sí, yo también pienso que es una muy buena idea —añadió finalmente.

—Increíble —me dijo Charly en voz baja—. El señor Machwitz ha sido capaz de pronunciar una frase entera.

¡Qué daría yo por que en casa tuviéramos helados como ése! ¡Pero no sólo el helado era superbueno sino que, además, podías pedir nata y chocolate caliente! ¡Así que pedimos de todo!

Cuando acabamos nuestras raciones respectivas, apenas podíamos movernos. Incluso Precioso colgaba perezoso del brazo de Fede. ¡Y tratándose de nuestro perro significaba mucho!

—Espero que el perro no haya cogido una indigestión con este helado —dijo la señora Schlüter, alterada.

—No se preocupe —dijo Charly con voz tranquilizadora—. Éste digiere incluso virutas y tornillos oxidados.

—¡Eh, tío, eh! ¡No te metas con Precioso!

—¡Basta ya de peleas! —intervino «Gran Siggi»—. Nos vamos al museo. ¡Y allí hay que guardar silencio!

De hecho, a mí los museos no me dicen gran cosa. Si tienes un padre profesor, como Rabanito y yo, durante todas las vacaciones te toca, por lo menos, visitar diez museos. Pero el de aquí era muy diferente: había ámbar por todas partes. Era increíble todo lo que se podía hacer y se había hecho con el ámbar. Tal vez estaba tan entusiasmada con todo porque yo misma había encontrado un ámbar en la playa. Al parecer, los demás sentían algo similar, excepto Fede y Charly.

Fede deambulaba con los hombros caídos y cara de ofendido porque un letrero a la entrada del museo decía de manera inequívoca que no dejaban entrar a los perros. Por consiguiente, y después de una despedida dramática, había tenido que dejar su tesoro delante de la puerta.

A Charly, en cambio, no le interesaban en absoluto las piezas expuestas. Dejaba vagar su mirada como si esperase que, en cualquier momento, irrumpiera un ladrón para robar un ámbar. Al mismo tiempo, no le quitaba a Lindi los ojos de encima, para que no fuera otra vez más rápida que él.

Pero, entonces, su atención se dirigió a las piezas expuestas. Detrás de una vitrina descubrimos ámbar encontrado en la playa de Fanø. A pesar de que no había ninguna figura similar a la de Fede, todo lo que vimos nos pareció alucinante.

Tal vez Charly no aguantaba más. Tal vez tenía miedo de que Lindi pudiera adelantarse. Pero tal vez sólo pensaba que, de verdad, podría averiguar algo. De todas formas exageraba otra vez. Se precipitó hacia un empleado del museo que estaba en el otro extremo de la sala.

—¿Alguna vez han robado algo aquí? —preguntó corriendo aún—. ¿De las cosas de allí?

Señaló en dirección a la vitrina donde se exponían los hallazgos de Fanø. Pero fue un doble error. Por un lado, había avasallado a un empleado danés del museo que sólo chapurreaba un poco nuestra lengua. Y, por otro lado, en la dirección en la que Charly señalaba había un matrimonio mayor que, sin sospechar nada, contemplaba las piezas expuestas.

El empleado del museo se estremeció.

—¿Esa gente ha robado algo? —preguntó y se fue pitando hacia la pareja.

—¡No! —dijo Charly—. ¡No me ha entendido!

Pero era demasiado tarde. El empleado del museo ya estaba con el matrimonio mayor y les hablaba en danés. Es cierto que no entendí ni pizca de lo que decía, pero no sonaba muy amable. Y, entre tanto, señalaba a Charly una y otra vez.

Mientras, él se había acercado también e intentaba arreglar el estropicio. Pero ni el empleado del museo ni los sospechosos oían lo que les decía.

O no lo entendieron o estaban demasiado enfadados.

Fede, Rabanito y yo también intentábamos ayudar a nuestro jefe, al que el señor mayor hablaba con aire furioso.

Sin embargo, nuestra ayuda no sirvió para nada. En muy poco tiempo, el museo, al principio tan tranquilo, se convirtió en una especie de gran jaleo.

Eso atrajo a «Gran Siggi», jefe de la manada, y a la propia manada de elefantes.

—¿Qué está pasando aquí? —gritó alterando aún más el vocerío.

¡Y efectivamente! Durante un breve instante se

hizo el silencio absoluto, pero después el jaleo siguió si cabe más fuerte. Y nuestro tutor se encontraba en medio.

Probablemente, todo hubiera terminado con Charly o con el matrimonio mayor en la cárcel, si no hubiera sido por la ayuda de alguien de Sønderho que ya conocíamos.

—¡Señor Jensen! —dije en voy alta—. ¡Qué bien que esté usted aquí! ¿Podría explicar al señor del museo que sólo se trata de un malentendido?

No sé por qué pero el simple hecho de que el señor Jensen se encontrase allí hizo que los ánimos alterados se calmaran rápidamente. Tal vez porque trabajaba el ámbar, además de tener un carisma tranquilizador.

Poco después, el asunto quedó resuelto. Charly pidió disculpas al matrimonio mayor y al director del museo, «Gran Siggi» le dirigió una severa mirada y se marchó en dirección a la salida. Y, con ello, quedó clarísimo que la visita al museo se había terminado para nosotros.

Lindi andaba a mi lado. Noté perfectamente que

le hubiera gustado mucho hacer un comentario despectivo sobre el comportamiento de Charly, pero no dijo nada. Tal vez ya no se atrevió.

Delante del museo nos toco presenciar de nuevo una escena de despedida. Sin embargo, esta vez no fue entre Fede y Precioso sino entre nuestro perro y el del señor Jensen.

Si éste no hubiera salido también del museo poco después, probablemente no hubiéramos logrado separar a los dos perros.

—¡Muchas gracias otra vez por su ayuda! —dije dirigiéndome a él.

El señor Jensen se echó a reír.

—¡No hay de qué! Son cosas que pasan cuando la gente no habla el mismo idioma.

—Por cierto, ¿por qué estaba usted en el museo? —preguntó Lindi de repente—. ¿Viene a menudo?

El señor Jensen afirmó con la cabeza.

—De vez en cuando. Intento inspirarme. Las cosas maravillosas que pueden verse aquí no dejan de asombrarme cada vez que vengo.

El regreso en el ferri transcurrió bastante silencioso. Y fue precisamente Charly quien empezó a hablar de nuevo del caso. ¡No se rinde nunca, de verdad!

—Seguro que, cuando preguntó al señor Jensen, lo hizo con alguna intención —me dijo.

—¿Quién preguntó al señor Jensen con alguna intención? —pregunté yo.

—¡Lindi! Ella le preguntó al señor Jensen si tiene por costumbre ir al museo —dijo—. Seguro que lo preguntó por algún motivo. Tal vez, incluso tiene alguna sospecha.

—¿Por qué no se lo preguntas a ella? —dije escuetamente—. Así lo sabrás con seguridad.

Nuestro jefe volvió a guardar silencio.

Encuentro 9: Un diente mellado en medio de la noche

Cuando a Charly se le mete algo en la cabeza, entonces ya no hay quien lo pare. No obstante, esta vez tardó en reaccionar hasta el regreso de Nordby a Sønderho en el minibús de Xaver.

—¿También crees que el señor Jensen es el sospechoso principal, verdad? —preguntó de repente a Lindi.

Ella lo miró con aire de sorpresa. Entonces esbozó una sonrisa y, finalmente, se encogió de hombros.

—Tal vez.

Charly luchó consigo mismo durante un breve instante, y después, estrechó la mano a Lindi.

—Tregua —dijo—. Por lo menos hasta haber aclarado este caso.

Sin dudar, Lindi cogió la mano de Charly.

—De acuerdo.

—¿Entonces qué? —volvió a preguntarle nuestro jefe—. ¿Piensas también que él es el ladrón y el obispo de Fanø?

Otra vez, Lindi se encogió de hombros.

—Me pareció muy extraño que justo hoy estuviera en el museo. Como si nos hubiera seguido por temor a que pudiésemos averiguar alguna cosa.

—¡Lo sabía!—dijo Charly con voz triunfal—. ¡Mi teoría!

—¿Y qué pasa con Xaver y Berti? —le pregunté—. Según tú, también son sospechosos.

Charly hizo un gesto negativo con la mano.

—Para mí, el señor Jensen siempre ha sido el sospechoso número uno.

—¡Eh, tío, eh! —dijo Fede—. ¡Estáis todos chiflados! El señor Jensen es supersimpático y... su perro también. ¡Es imposible que él sea el ladrón!

Charly movió la cabeza en señal de desaprobación.

—Has de aprender mucho todavía, Fede. Los que aparentan ser menos sospechosos son precisamente los más astutos.

Fede permaneció en silencio. Nos miró a Rabanito y a mí y puso los ojos en blanco.

—¡Yo también quiero ayudar! —dijo Berti, que había escuchado a Charly y a su hermana con la boca abierta.

—¡Olvídalo! —fue lo único que le dijo Lindi a modo de respuesta.

—Creo que sería conveniente volver a la playa esta noche para buscar al obispo —dijo Charly, mientras fregábamos los platos.

—¡Muy buena idea! —dijo Rabanito—. Tal vez encontremos ámbar de nuevo. ¡Después de todo lo que vimos en el museo, me gustaría encontrar más!

—Para buscar ámbar tendremos tiempo de sobra —respondió Charly—, una vez hayamos detenido al ladrón.

Al parecer, Lindi se tomaba la tregua entre ella y Charly muy en serio. De todas formas, no le contradijo, sino que se encargó de nuevo de pedir permiso a su padre.

—¿Podemos volver a la playa? —le preguntó, cuando terminamos de fregar.

«Gran Siggi» lanzó a su hija una breve mirada.

—De acuerdo —dijo entonces—. Pero con dos condiciones: ¡no volveréis hasta por lo menos dentro de una hora y os iréis todos! ¡Necesito urgentemente un poco de tranquilidad!

—¡Pero nosotras no tenemos ganas! —dijeron Kitty y Kathy.

—¡Vosotras también! ¡Basta ya!

«Gran Siggi» no era el tutor de Kitty y Kathy pero, al parecer, en su clase también se había divulgado la noticia de que más valía no contradecirle. Así que también se apuntaron, aunque de muy mala gana.

Por el contrario, Berti estaba encantado.

—¡Quiero ayudar! ¡Quiero ayudar! —dijo dando saltos sin parar.

—Puedes venir con nosotros —le interrumpió su hermana—. ¡Pero nada más!

En la playa, deshacerse de Kitty y Kathy no fue ningún problema. Se largaron prácticamente solas.

—Vamos a pasear un poco —dijeron.

No obstante, yo sabía casi seguro que, en realidad, querían ir a ver a un grupo de chicos daneses que poco antes se había cruzado en nuestro camino.

Me daba lo mismo. Lo más importante era que se fueran lejos y que no pudieran molestarnos.

Deshacerse de Berti, sin embargo, fue más complicado, a pesar de que Lindi lo intentó de todas las maneras, desde las amenazas hasta proponiéndole construir otra fortaleza de arena, sin éxito.

Su hermano se pegaba a nosotros como Precioso a un trozo de salchicha.

—Entonces quédate —dijo Lindi finalmente—, ¡pero no nos molestes!

—¿De verdad piensas que vamos a cruzarnos con el obispo de Fanø? —preguntó Rabanito a Charly, cuando ya habíamos recorrido un buen trayecto de la playa.

—¿Por qué no? —contestó a su vez con una pregunta—. Es de noche y hay niebla. Igual que la primera vez.

Apenas terminó de hablar cuando Precioso, sin motivo aparente, saltó de los brazos de Fede.

—¡Eh, tío, eh! ¡Precioso! ¿Adónde vas?

—¿Por qué siempre le haces preguntas a tu perro? —quiso saber Lindi—. ¿Acaso crees que te contestará algún día?

—En el caso de Precioso, nunca se sabe —contesté en lugar de Fede.

No hacía falta que Precioso contestara a la pregunta de Fede. Pronto supimos por qué había abandonado su sitio preferido.

—¡No veas! —dijo Charly—. ¡Allí está el perro del señor Jensen!

—¡Y allí está también el señor Jensen! —añadió Rabanito.

—Otra vez nos cruzamos con él en el camino —dijo Lindi—. ¡Seguro que significa algo!

—Seguro que es una casualidad —dije.

—¿Una casualidad? —dijo Charly—. ¡Hay algo más! ¡Averigüémoslo!

Me hubiera gustado recordarle a nuestro jefe su aventura en el museo pero ya estaba prácticamente junto al señor Jensen y su perro que, con Precioso, se dedicaba a espantar de nuevo a las gaviotas.

—¡Qué casualidad! —dijo tranquilamente el señor Jensen cuando nos descubrió—. ¿Pero qué hacéis aquí a estas horas?

—Justamente queríamos saber lo mismo de usted —replicó Charly.

—Estamos dando un paseo —dije yo—. Nuestro profesor necesitaba un poco de tranquilidad.

El señor Jensen esbozó una sonrisa.

—Lo entiendo perfectamente.

—¿Y? —preguntó Charly haciendo caso omiso al comentario del señor Jensen—. ¿Qué está usted haciendo por aquí?

—¿Otro interrogatorio? —preguntó riendo el amable pulidor de ámbar—. ¿El incidente en el museo no ha sido suficiente?

—De eso, justamente, quería hablarle.

—Seguro que está dando su diario paseo nocturno, ¿verdad? —interrumpí otra vez a nuestro jefe antes de que metiera la pata por completo.

—¡Así es! —dijo el señor Jensen.

—Quiero seguir caminando por la playa —dijo Berti, de repente, malhumorado—. ¡Para dar con el obispo!

—¡Cierra el pico! —le bufó Lindi.

Estoy convencida de que el señor Jensen oyó el comentario de Berti, pero no dijo nada al respecto.

—Si queréis seguir paseando, podéis dejar a vuestro perro conmigo. No es ninguna molestia —dijo en cambio—. Se lo están pasando muy bien los dos juntos. No le ocurrirá nada. Si queréis, puedo pasar por el *camping* cuando regrese a casa y dejarlo allí.

—¡Eh, tío, eh!

—¡Buena idea! —dijo Charly enseguida—. Venga, vámonos.

Después de unos cuantos metros, Fede se dio la vuelta.

—¡Precioso! —gritó—. ¿No prefieres venir con nosotros?

Podría haberle preguntado también si le apetecía hacer régimen. Ladraba y silbaba y brincaba y no se le ocurrió ni en sueños hacernos caso.

Fede suspiró hondo.

—¡Eh, tío, eh! No me gusta separarme de Precioso durante tanto tiempo como voy a hacer ahora.

No hacía mucho que nos habíamos alejado cuando Fede volvió a girarse.

—¡Eh, tío, eh! ¡Ya no están allí!

—¡Es verdad! —dijo Rabanito—. ¿Pero adónde han ido tan deprisa?

—Tal vez han ido a las dunas —respondí—. No os preocupéis. Nuestro Precioso sabe cuidarse solito.

—O sea, que el señor Jensen ha desaparecido... —dijo Charly en voz baja—. ¡Apuesto lo que sea a que luego vuelve a aparecer pero de forma distinta!

—¡Eh, tío, eh! ¿Estamos en una película de terror o qué?

Por mucho que Charly torció el cuello, por mucho que intentó reconocer algo a través de la niebla cada vez más espesa, no descubrimos nada en absoluto que pudiera parecerse mínimamente al obispo de Fanø.

Finalmente, estaba hasta las narices.

—¿Por qué no volvemos? «Gran Siggi» ha descansado lo suficiente y a mí me duelen los pies.

Como era de esperar, nuestro jefe no estaba nada de acuerdo con la propuesta.

—¡Unos cuantos metros más, Estefi! ¡Seguro que lo descubriremos enseguida!

—Hace diez minutos has dicho lo mismo —replicó Rabanito—. Yo también quiero volver.

Puesto que tampoco Fede, ni siquiera Berti y Lindi se dejaron ablandar por sus ruegos, a Charly no le quedó otro remedio que ceder.

—De acuerdo. Tal vez lo descubrimos en el camino de regreso.

Hubiera apostado mi ordenador a que no íbamos a encontrarnos con aquel extraño obispo esa noche pero hubiera perdido.

—¡No me lo puedo creer! —dijo Lindi, de repente, chillando—. ¡Allí al fondo! ¡Allí está!

—¡Es verdad! ¡Lo sabía! —dijo Charly en voz alta, sacando su cuaderno del bolsillo y, acto seguido, dejándolo caer en la arena de tan excitado como estaba.

Tan rápido como habían desaparecido el señor Jensen y los dos perros, igual de repentinamente, había emergido la figura misteriosa con el largo bastón. ¿Acaso la sospecha de Charly y Lindi resultaba fundada?

—¡Tenemos que acercarnos más! —dijo Charly dando órdenes.

Berti le miró con ojos de asombro.

—¿Por el mar?

—¿Cómo que por el mar? —contestó Charly con otra pregunta—. ¡La marea está baja!

—¡Eh, tío, eh! ¡Hay que adentrarse mucho! ¡Seguro que allá al fondo, la marea ya no está tan baja!

—El mar es engañoso —replicó Lindi—. Mi padre ya nos advirtió de que es difícil acertar las distancias en el mar.

—Y también dijo que para muchos había sido su perdición —respondió Rabanito, con la voz temblorosa.

—¡Sobre todo, no tengáis miedo! —dijo Charly—. Si vamos con cuidado, seguro que no nos pasara nada. Pero debemos acercarnos más. Desde aquí no podemos saber si realmente se trata del señor Jensen.

Como la última vez, cuando quisimos descubrir el secreto del obispo de Fanø, nos adentramos lo más agachados posible entre la niebla en dirección a la misteriosa figura.

Aún no habíamos avanzado demasiado, cuando Charly alzó la mano.

—¡Alto! ¡Esperad! ¡Creo que no tendremos que continuar! ¡Viene hacia nosotros!

—Es verdad —dijo Lindi dándole la razón—. ¡Así que a agacharse todo el mundo y a esperar!

Tener un jefe ya me ponía a mil muchas veces, pero tener dos era insoportable. Esperaba que Lindi y Charly se pusieran pronto de acuerdo sobre quién de los dos tomaba el mando en este caso.

No obstante me agaché como todos los demás y puse mis rodillas en el Mar del Norte. Temía que el único resultado de nuestra acción fuese pillar un fuerte resfriado.

Por el contrario, Charly estaba en su elemento.

—Pronto lo sabremos —susurró—. Pronto habremos ventilado el asunto del viejo guerrero vikingo.

—¡Hazme el favor y deja de decir tantas tonterías! ¡Más vale que ventiles un poco tu cerebro! —le bufé.

No creo en los fantasmas que viven en los palacios o en las playas, de verdad. Pero aquí, entre la niebla, arrodillada en el agua fría donde había un montón de bichos raros, no pude deshacerme de una extraña sensación.

—¡Eh, tío, eh! ¡Vámonos! —dijo Fede—. Pronto nos descubrirá.

Tal vez hubiera acertado si no hubiera existido Precioso, su mejor amigo. Con un largo silbido prolongado pasó como un rayo delante de nosotros. Por lo que pude ver, estaba solo.

Fede se levantó de golpe.

—¡Eh, tío, eh! ¡Precioso!

Enseguida, Charly le obligó a agacharse de nuevo tirando de él.

—¡Déjalo! ¡Si no, el obispo nos descubrirá!

A Fede le costó horrores aceptar las órdenes de Charly, pero acabó por hacerlo. Al contrario de Berti.

—¡Precioso! ¡Quédate! ¡No quiero que te haga daño el obispo malo! —dijo chillando, y se fue detrás del perro.

—¡Estúpido! —gritó Lindi, levantándose de golpe.

Es cierto que no le costó alcanzar a su hermano y tirarlo al suelo pero, al parecer, la acción de salvación bastó para despertar la atención del obispo.

—¡Maldito sea! —dijo Charly con voz enérgica—. ¡Se larga!

La figura con el largo bastón aún estaba bastante lejos, pero yo también pude ver claramente que el obispo se alejaba dando grandes zancadas.

—¡Idiota! —le bufó Lindi a su hermano—. ¡Lo has espantado!

—¡No es verdad! —gritó Berti, escupiendo la arena que al parecer le había entrado en la boca cuando su hermana lo tiró al suelo. Y, acto seguido, las primeras lágrimas rodaron por su cara.

Su hermana no sintió compasión por él. Lo agarró por los hombros y lo sacudió.

—¡Lo hiciste a propósito! ¡Porque el obispo te daba miedo! ¿O acaso la figura de ámbar la robaste tú? ¡Estabas loco por ella!

—¡Eres..., eres tan mala! —dijo Berti, hecho un mar de lágrimas.

Se soltó de Lindi y se fue corriendo en dirección a Sønderho.

—¡Berti! ¡Espera! ¡No te vayas! —gritó Rabanito.

Pero Berti hizo caso omiso y siguió corriendo como si le persiguiera el obispo de Fanø.

—Es verdad que no actuó como debía, pero

¿no has sido demasiado dura con él? —preguntó precisamente Charly.

Lindi hizo un gesto negativo con la mano.

—¡Qué va! ¡Le hace falta de vez en cuando!

—¿Y si se pierde? —preguntó Rabanito.

—Conoce el camino perfectamente. Al fin y al cabo, venimos todos los años.

—¿Volverás a votar a favor de Lindi en la próxima deliberación? —pregunté a Rabanito de camino al *camping*.

Mi hermano supo enseguida a qué me refería.

—Claro que no —contestó sin vacilar—. Al principio, Lindi me gustaba bastante, de verdad, y no sólo porque parecía que me encontraba mono. Su hermano, por el contrario, me ponía supernervioso. Pero ahora, sólo me da pena. Tal y como Lindi lo trata, no me extraña que sea como es.

—No olvidéis que Berti sigue estando en la lista de los sospechosos —dijo Charly.

—¡Eh, tío, eh! —gritó Fede, diciendo exactamente lo que yo pensaba.

En el *camping*, no encontramos ni rastro de Berti. Aunque Lindi dijo que estaba loca, insistí en que Rabanito lo buscara en la tienda de los chicos.

—¡Todo bajo control! —dijo al salir—. Berti está en su saco de dormir. Creo que sigue llorando —añadió cuando vio que Lindi ya no nos oía.

Al contrario de otras veces, por la noche, Lindi y yo no nos dirigimos la palabra. En cuanto pude me puse cómoda dentro del saco y me dormí enseguida.

Fede se despertaba con frecuencia por culpa de Precioso que, a veces, le lamía la cara en medio de la noche. Le gustaba mucho. Yo no compartía ese entusiasmo. Así que me asusté muchísimo cuando abrí los ojos y vi el diente mellado de nuestro perro silbante frente a mí.

—Precioso —susurré—, pero ¿qué haces tú aquí?

Al instante me sentí contenta de que los demás siguieran durmiendo. ¡Yo hablaba ya con Precioso como Fede! Al mismo tiempo, me sorprendió su comportamiento. ¿Por qué había venido en medio de la noche a despertarme?

Precioso pasó silenciosamente entre los sacos de dormir de mis compañeras de la tienda, se detuvo y me miró.

—Precioso —dije—, ¿acaso quieres enseñarme algo?

Aún no había terminado la pregunta cuando había desaparecido. Fue suficiente para despertar mi curiosidad.

Con muchísimo cuidado salí a cuatro patas de la tienda. Ya apuntaba el día y el sol no tardaría mucho en salir.

Reinaba un silencio total. Al parecer, incluso el señor y la señora Machwitz dormían profundamente, y sin ronquidos. Me alcé, me desperecé y miré a mi alrededor.

Entonces vi de nuevo a Precioso. Estaba delante de la tienda de los chicos, pero mirando hacia mí. Y otra cosa me llamó la atención: la cremallera de la entrada de la tienda estaba medio abierta. ¿Acaso se habían olvidado de cerrarla? ¡Eran capaces! No obstante, quería estar segura.

Me acerqué a su tienda, me agaché y miré dentro. En un tris mis ojos se habían acostumbrado a la luz tenue del interior.

Pero entonces, me sorprendí y asusté. El saco de dormir de Berti estaba vacío.

Encuentro 10: El perro y el calcetín

Sin poder evitarlo, solté un grito. Acto seguido, Fede, Rabanito y Charly se pusieron de pie en los sacos.

—¡El obispo! ¡Eh, tío, eh! ¡Viene el obispo! —masculló Fede, medio dormido todavía, mientras Precioso saltaba alrededor y le lamía la cara.

Rabanito miró parpadeando en mi dirección.

—Estefi, ¿eres tú?

Charly bostezó y se estiró.

—¿Qué hora es? ¿Ya toca el desayuno?

—¿Tenéis idea de dónde está Berti? —grité.

Charly miró hacia fuera.

—¡Hombre, Estefi! ¿Por qué nos has despertado? ¡Si aún no es de día!

—¿No me has oído? ¡Berti no está en su saco de dormir!

Con los ojos medio cerrados todavía, Rabanito lanzó una mirada sobre el saco de dormir que se encontraba a su lado.

—Vaya. No está.

—¡Eh, tío, eh! Estará en el lavabo.

—¡Averiguadlo! ¡Deprisa! —grité—. Me da muy mala espina.

Mis amigos se despertaron poco a poco.

—¿Mala espina? —preguntó Charly—. ¿Crees que el obispo vino a buscarle?

—¡Estas ideas sólo se te ocurren a ti! —le bufé—. Me temo que se haya largado a juzgar por cómo se debió de sentir ayer.

De repente, los demás miembros de Charly & Company ya estaban despiertos del todo.

—¿Largado? —exclamó Rabanito—. ¿En medio de la noche? ¡No puede ser!

—Tal vez Fede tiene razón y sólo ha ido al lavabo —dije no muy convencida.

Descalzos y en pijama nos fuimos corriendo a los lavabos que estaban en el otro extremo del *camping*.

Pasó lo que ya me temía. Berti tampoco estaba allí.

—Y ahora, ¿qué hacemos? —preguntó Rabanito.

—Primero nos vestimos —respondió Charly—, y luego registraremos el *camping*. ¡Tiene que estar en algún sitio!

—¡Eh, tío, eh! ¡Ojalá!

—¿Qué quieres decir? —pregunté.

Fede no contestó y, francamente, así fue mucho mejor.

Nos vestimos lo más rápidamente posible intentando no hacer ruido, pero eso fue algo imposible. Así que «Gran Siggi» fue el primero en sacar la cabeza de la tienda. No tenía ni idea de que llevase un gorro para dormir.

—¿Pero qué está pasando aquí? ¿Por qué estáis levantados tan temprano? —preguntó en voz baja, si puede definirse así tratándose de «Gran Siggi».

Charly, Fede y yo nos miramos. Berti era su hijo. ¿Qué debíamos contestar?

Me incliné por decir la verdad.

—Estamos buscando a Berti, señor Schlüter.

—¿A Siegbert? ¿Dónde está?

—No lo sabemos —respondió Charly—, por eso lo estamos buscando.

—¡Charly! —dijo nuestro tutor—. Si se trata de una de tus ideas, entonces…

—¡Charly no tiene nada que ver con esto! —le interrumpí—. Berti no está en su saco de dormir.

—Y ya hemos mirado en los lavabos —añadió Rabanito—, pero tampoco está allí.

«Gran Siggi» nos miró con el ceño fruncido. Entonces cayó por fin en la cuenta. Se quitó en un santiamén el gorro y salió tan rápido de la tienda como le dejó su volumen corporal, cosa que nunca hubiera imaginado que fuera posible. Y acto seguido salió también la señora Schlüter.

—¿Pero por qué te levantas, Siegfried?

—Es por Siegbert, cariño.

—¿Berti? —dijo la señora Schlüter—. ¿Qué pasa con Berti?

—No está —contestó «Gran Siggi», con la sensibilidad que le caracteriza.

La señora Schlüter lanzó un grito.

—¿Qué quieres decir?

—Ya me gustaría a mí saberlo. Tenemos que registrar enseguida los alrededores.

No tardamos mucho en que todo el grupo se pusiera en marcha, excepto la señora Machwitz. Su marido intentó despertarla pero no lo consiguió.

—¡Mamá! ¡Papá! ¿Por qué me miráis de esa manera? —preguntó Lindi al salir de la tienda.

Su madre la abrazó.

—Tu hermano. Ha desaparecido.

—¿Berti? ¿Dónde está Berti?

—Ahora mismo lo averiguaremos, hija mía —dijo «Gran Siggi» para consolarla—, vamos a registrar todos los rincones del *camping*.

Como si hubiera sonado la señal de partida, Lindi salió disparada.

—Berti, ¿dónde estás? —gritaba sin parar—. ¡Hermanito! ¡Pequeño! ¡Contesta!

—Ayer no le hablaba así —dijo Rabanito.

—Es probable que tenga mala conciencia —dije.

No hubo rincón sin registrar, ni caravana por cuyos bajos no nos metiésemos. Mientras, se unió Xaver a la búsqueda. Pero no sirvió de nada. Berti no aparecía.

Cuanto más buscábamos, más loca se volvía Lindi. Gritaba, chillaba y lloraba porque su hermano no aparecía.

—¡Eh, tío, eh! Si lo hubiera tratado mejor, no se hubiera largado —dijo Fede.

—De hecho, tampoco nosotros hemos sido muy amables con él —replicó Rabanito.

No le contestamos. Sabíamos bien que tenía toda la razón.

—Esto no tiene sentido —dijo «Gran Siggi» finalmente—. Tenemos que avisar a la policía.

Del susto, la señora Schlüter se dio un golpe en el pecho.

—¿¡Policía!? ¡Por Dios, cariño! ¿Seguro que es necesario?

Nuestro tutor afirmó con la cabeza.

—El asunto es demasiado serio, cariño. Necesitamos la ayuda de unos profesionales.

—Estoy de acuerdo con él —dijo Charly en voz baja.

—¿A qué te refieres? —le pregunté.

—Xaver y yo nos iremos a Nordby —ordenó «Gran Siggi» antes de que Charly pudiera contestar—. Los demás permaneced donde estáis. Los niños, también. ¿Queda claro? —añadió, lanzando una severa mirada en dirección a Charly.

No contestamos que no hacía falta que nos lo dijera pues lo dimos por hecho, pero, ojalá, hubiera conocido mejor a Charly.

—¡Policía! —gritó Lindi, cuando el minibús de Xaver salió del *camping*—. ¡A mi hermano lo busca la policía!

Entonces rugió de ira y Precioso no hubiera podido hacerlo mejor.

Poco a poco empezaba a preguntarme si su desesperación era cierta o si sólo estaba montando un espectáculo para tratar de distraernos del hecho de que, probablemente, ella tenía bastante culpa. Siempre y cuando se hubiese largado por su cuenta, claro. No podía pensar en la otra posibilidad sin que el estómago me doliera.

La señora Schlüter, el señor Machwitz e incluso Kitty y Kathy trataron de consolar a Lindi, que lloraba a moco tendido.

—Ahora es el mejor momento —murmuró Charly.

—¿Mejor momento? —preguntó Rabanito—. ¿Para qué?

—Para buscar a Berti.

Antes de que pudiéramos contestar se metió en la tienda de los chicos. Cuando volvió a salir, metió algo en el bolsillo de su pantalón. No pude reconocer lo que era ni tampoco tuve la ocasión de preguntar por ello. Agachado corría por entre las tiendas y las caravanas hacia la salida del *camping*.

—¡Eh, tío, eh! ¿Pero éste adónde va?

—¿No lo has oído? —contesté—. A buscar a Berti. ¡Venga, vámonos!

Mientras que nosotros, como tantas otras veces, corríamos detrás de Charly y, como también tantas otras veces, nos costaba seguirle, pensé en la rivalidad entre Charly y Lindi. Al ver a Charly allí delante y al recordar cómo Lindi no dejaba de chillar y de llorar, supe exactamente quién de los dos era el jefe más digno de Charly & Company.

—¿Karl-Heinz? ¿Ya estás despierto? —oímos aún decir a la señora Machwitz con voz dormida.

Pero para entonces ya habíamos llegado a la salida.

—¿Y ahora qué? —preguntó Rabanito cuando estuvimos fuera del alcance de la vista de todos.

—¿Adónde irías tú si quisieras largarte? —contestó Charly con otra pregunta.

—¡A la playa! —dije instintivamente.

—¡Eh, tío, eh! ¿Acaso crees que...?

—¡Claro que no! —le interrumpió Charly—. Seguro que estaba muy enfadado con su hermana y quería jugarle una mala pasada. Sólo me da miedo que pueda perderse, o que se adentre demasiado en el mar. Al fin y al cabo, todavía hay niebla.

Si pensaba en todo lo que podía pasarle a Berti en la playa estando solo, me mareaba.

—¿Qué te metiste antes en el bolsillo? —pregunté a Charly, cuando corríamos hacia la playa.

—Ya lo verás —contestó brevemente.

Una vez en la playa, lo vi.

—¡Un calcetín! —gritó Rabanito—. ¿Pero qué demonios quieres hacer con esto?

—¿Acaso no lo adivináis? —replicó Charly—. Es un calcetín de Berti. Estaba dentro de su saco de dormir. ¡Da verdadero asco!

—¡Eh, tío, eh! ¡Precioso!

—¡Bravo, Fede! Precioso tiene que oler el calcetín y ponernos sobre la buena pista.

—¿Y eso lo dices precisamente tú? —pregunté incrédula—. ¿De verdad piensas que nuestro perro sabrá ponernos sobre la pista de Berti, aquí en la playa?

—¡Eh, tío, eh! ¡Lo sabía! ¡Tú también estás convencido de que Precioso es el perro más inteligente y...

—Ni idea de si lo conseguirá —le interrumpió Charly—, pero al fin y al cabo, no tenemos otro perro.

—¡Eh, tío, eh!

No había contado aún a mis amigos que había sido Precioso quien me había puesto sobre la pista de la desaparición de Berti. No quería ser la culpable si Charly y Fede volvían a pelearse otra vez a causa de Precioso. Pero, por otra parte, ¿por qué me había avisado precisamente a mí? Probablemente, los chicos tenían un sueño demasiado profundo y no había podido despertarlos. Pero, de todos modos, me di cuenta, una vez más, de que nuestro pequeño perro sabía hacer muchas más cosas de las que nosotros, y sobre todo Charly, le creíamos capaz.

Al principio parecía que Precioso quería demostrar que Charly tenía toda la razón.

Nuestro jefe se acercó a Fede y balanceó el calcetín delante de la nariz de Precioso. Éste, asqueado, apartó la cabeza.

—¡No puedo creérmelo! —refunfuñó Charly—. ¡Venga, a oler el calcetín!

—¡Eh, tío, eh! ¡No puedes hablarle así! ¡Entonces no hará nada! ¡Venga, dame el calcetín!

Charly se lo pasó.

Con dos dedos, Fede cogió el calcetín de Berti que, por lo menos, lo había llevado puesto una semana entera a juzgar por la contaminación inmediata del aire fresco de la playa. Entonces movió, a cierta distancia, el calcetín delante de la nariz de Precioso.

—Mira, pequeño. Es de Berti.

—¡Nada de mirar! ¡Tiene que oler! —le interrumpió Charly.

—¡Eh, tío, eh! ¡Sé perfectamente cómo debo hablarle! ¡Así que no te metas!

Charly le concedió ese favor, aunque le observaba con aire escéptico, mientras Fede, con el calcetín bien sujeto, trataba de convencer a Precioso como si fuera un burro cabezudo.

Pero, finalmente, lo consiguió.

Con un silbido, nuestro perro bajó de los brazos de Fede y empezó a correr a toda pastilla.

—¡Eh, tío, eh! ¡Lo ha entendido! ¡Busca a Berti! ¡Venga! ¡Ve tras él!

—Ojalá sea así —dijo Rabanito—. Me ha dado la sensación de que más bien intentaba alejarse de la peste.

Encuentro 11
El obispo de Fanø

Al principio tampoco me creía que nuestro perro siguiera el rastro de Berti precisamente por aquí. Pero, cuanto más tiempo pasaba, más convencida estaba de ello.

Por un lado, porque Precioso corría por la playa olfateando todo el tiempo el suelo. Por otro lado, se detenía cada dos por tres para mirar hacia atrás como si nos esperara. Y no seguía olfateando hasta que le alcanzábamos de nuevo.

—Es increíble —dijo incluso Charly—. De verdad parece como si persiguiera una pista.

—¡Eh, tío, eh! ¡Ya te lo dije!

No faltó mucho tiempo para estar seguros del todo. Precioso había encontrado una pista de verdad. Pero no la que hubiéramos querido.

—¡No puedo creérmelo! ¡Este perro estúpido estaba buscando a su amigo!

Con las orejas alzadas, moviendo la cola y silbando fuertemente, Precioso se precipitó hacia el perro del señor Jensen. Acto seguido pudimos presenciar de nuevo el apasionado saludo de los dos.

Charly se volvió.

—¿Dónde está el señor Jensen?

—Tal vez su perro se pasea solo —dije—, al fin y al cabo, Precioso también lo hace bastante a menudo.

Charly negó con la cabeza.

—No lo creo. No me extrañaría nada que el señor Jensen tenga algo que ver con la desaparición de Berti.

—¡Eh, tío, eh! ¡No digas tonterías! ¡El señor Jensen es un tío superguay!

—A veces, uno se equivoca, Fede.

—Es posible, pero con el señor Jensen no me equivoco.

—¿Ah, no? ¿Y con Precioso y la pista de Berti qué?

De repente, Precioso empezó a ladrar y a soltar un largo silbido prolongado, como si hubiera estado esperando el comentario de Charly. Entonces me di cuenta de que su amigo volvía a cazar gaviotas mientras que Precioso no se había movido del sitio y nos miraba como si nos quisiera comunicar algo.

—¿Qué te pasa, pequeño? ¿Quieres decirnos algo? —preguntó Fede.

Precioso volvió a ladrar y empezó a correr. Pero esta vez no en dirección a su amigo.

—¡No puede ser! —grité—. ¡Va en dirección al mar!

—¿Crees que Berti está por allí? —preguntó mi hermano, con voz temblorosa.

—¡Para! —le bufé—. ¡No pienses en esas cosas!

La marea estaba baja pero, según mis cálculos, el mar no tardaría mucho en subir. Cuanto más cerca estaba Precioso del mar, más deprisa latía mi corazón. Y no sólo porque corríamos.

Cuando vi salir la figura de la niebla, me asusté muchísimo, tropecé y estuve a punto de caerme.

Enseguida reconocimos claramente el largo bastón.

¡Era el obispo de Fanø! ¡Y llevaba algo en sus brazos!

Nos quedamos de piedra. Incluso Precioso se paró en seco.

—¿Pero… pero qué es lo que lleva en brazos?

Nunca había visto a nuestro jefe preguntar algo con tanto miedo. ¡Y eso era muy significativo!

—Parece un niño —dije a trancas y barrancas.

—¡Eh, tío, eh! ¡Es Berti!

Cuanto más se acercaba el obispo, más convencidos estábamos de que, efectivamente, era Berti quien estaba en sus brazos. Y también el obispo se dibujaba cada vez con más claridad.

Llevaba un chubasquero largo y debajo unas botas de goma que le llegaban hasta la cadera. Incluso reconocimos el bastón y lo que colgaba de él: era una especie de red para pescar que el viento inflaba. Sólo la cara quedaba escondida debajo del ancho sombrero, que le caía sobre la frente.

Los pasos pesados con los que la figura se nos acercó acallaron cualquier otro ruido, incluso el bramido del mar.

Un frío glacial me invadió. Hubiera preferido salir corriendo, pero no fui capaz de moverme del sitio.

—¿Qué pasa con Berti? —preguntó Rabanito en voz baja—. ¿Por qué no se mueve?

No me atreví a contestar a sus preguntas.

Entonces, por fin, el hijo de «Gran Siggi» volvió a cobrar ánimos. Al parecer, nos había descubierto.

—¡Allí están mis amigos! —gritó, moviendo los brazos de un lado para otro.

Nunca hubiera pensado que sería capaz de alegrarme tanto al oír la voz llorica de Berti.

A unos cuantos pasos de distancia, el obispo de Fanø levantó por fin la cabeza.

—¿Es éste el obispo de Fanø? —exclamó Charly.

—Parece que todo el mundo conoce ya cómo me llaman aquí —dijo el hombre, con una voz que era todo menos misteriosa.

—¡Eh, tío, eh! ¡Usted no es el señor Jensen! —dijo Fede—. ¡Lo sabía!

Fede tenía toda la razón. A este hombre no lo había visto en mi vida. Era mucho más viejo que el señor Jensen, por lo menos tan viejo como nuestros abuelos, y además, era casi imposible que dos personas se parecieran tan poco como nuestro pulidor de Sønderho y este obispo de Fanø.

—Por supuesto que no lo soy —dijo el anciano—. El señor Jensen es el señor Jensen y yo soy yo.

—¿Pero quién es usted? —preguntó Charly.

El hombre dejó a Berti en el suelo.

—Si queréis, podéis seguir llamándome obispo. Pero primero ocupaos del pequeño.

Como una sopa, temblando al igual que una

hoja y con los labios azulados, el hermano de Lindi estaba frente a nosotros. Su mala conciencia se percibía a varias leguas.

Rabanito se acercó, se quitó su chaqueta y se la puso sobre los hombros.

—¡Hombre, Berti! —dije—. ¡Qué susto nos has dado! ¡Estábamos superpreocupados!

—¡Ya lo sé! —dijo sorbiéndose los mocos—. Pero quería demostraros que era capaz de encontrar al obispo yo solo.

—Y parece que lo conseguiste —dijo Rabanito.

—¿Querías demostrárnoslo a nosotros o a tu hermana? —le pregunté.

Berti aspiró lo que amenazaba salirle de la nariz.

—A veces, Lindi es tan mala conmigo...

—¡Eh, tío, eh! ¡Pero lo conseguiste! ¡Encontraste al obispo de Fanø!

—Bueno, creo que fue más bien al revés —dijo el obispo—. Cuando me topé con él, estaba sentado en medio de una bandada de gaviotas y lloraba.

—Me había perdido —dijo Berti sorbiendo los

mocos—, era de noche todavía, había niebla y estaba tan solo...

—¡No pienses más en ello! —le consoló Charly, lanzando un suspiro—. Aunque todavía no hemos resuelto el caso.

Miró al obispo.

—¿Usted tiene algo que ver con el caso de la figura de ámbar?

¡Uf! ¡Siempre está con lo mismo!

—¿Un caso? ¿Una figura de ámbar? —preguntó entonces el salvador de Berti, dejando caer una mirada incrédula sobre Charly.

—¡No le haga caso! —dije rápidamente—. Ahora tenemos que regresar. A no ser que queramos que Berti pille una pulmonía.

—Además, tenemos que avisar a su padre —añadió Rabanito—, antes de que la policía registre la playa.

—¿La policía? —chilló Berti—. ¿Papá ha ido a la policía?

—¿Y tú qué crees? —le contesté con otra pregunta—. ¡Al fin y al cabo te largaste en plena noche!

—Lo mejor será que vayamos a mi caravana —dijo el obispo—, no está lejos de aquí. Allí el chico podrá calentarse y vosotros podréis avisar a sus padres llamando con mi móvil.

El obispo, que ya no inspiraba ni pizca de misterio, nos llevó por un pequeño sendero a través de las dunas.

¡Efectivamente! En un prado, poco después descubrimos, entre dos árboles ladeados, una caravana, al parecer no mucho más joven que su propietario.

—No sabía que se pudiese acampar aquí —dije.

El obispo de Fanø esbozó una gran sonrisa debajo de su ancho sombrero.

—De hecho, está prohibido. Pero el prado pertenece a un campesino que conozco desde hace mucho tiempo. Me dio permiso para aparcar aquí la caravana.

Mientras tanto, mi hermano parecía no haber perdido el miedo todavía.

—¿Qué tipo de bastón es? —preguntó.

—Lo necesito para apoyarme al andar. Ya no estoy para muchos trotes.

—¡Eh, tío, eh! ¿Y la red?

—Con esto saco el ámbar del mar. Tenéis que saber que el ámbar sólo pesa un poco más que el agua. Por eso flota justo debajo de la superficie. Y con la red es más fácil atraparlo.

—¿Ámbar? —dije—. ¿También busca ámbar?

La sonrisa del obispo se hizo más grande.

—¡Venid a la caravana! ¡Ya veréis!

Le seguimos al interior y ¡entonces no sólo vimos sino que además alucinamos!

—¡Pero esto es un tesoro! —exclamó Charly.

—¡Claro que sí! —dijo riendo el obispo, mientras se quitaba el chubasquero, las botas y el sombrero.

Fue suficiente para convertir al misterioso obispo de Fanø en un abuelo simpático.

—¿Lo ha encontrado todo usted? —preguntó Rabanito, y con ojos asombrados, miró los vasos, las cajas y las innumerables vitrinas.

Tanto ámbar junto ni siquiera lo había visto en la tienda del señor Jensen.

—¡Pieza por pieza! —dijo el obispo radiante—. Estoy muy orgulloso. Tardé lo mío. Tenéis que saber que vivo solo. El ámbar es mi gran pasión. Por eso paso por lo menos la mitad del año aquí en la isla. Y, como tengo tanto, siempre puedo darle algo al bueno de Jensen.

—¿Conoce al señor Jensen? —dijo Charly—. ¡Pues él negó que supiera algo sobre usted!

—¿Ah, sí? —dijo riendo el obispo—. Ese buen hombre me conoce bien y respeta que yo quiera vivir tranquilo. Los turistas no me gustan demasiado. Por eso siempre voy a la playa temprano por la mañana, o ya por la noche, o si el tiempo no acompaña.

—Por ejemplo cuando hay niebla —añadí.

—¡Exactamente! Y ésa fue la suerte de nuestro pequeño amigo. Pero ahora deberíais avisar a sus padres para que dejen de preocuparse.

—¿Tu padre tiene móvil? —pregunté a Berti, cuyos labios, mientras tanto, habían recobrado su color habitual.

El hijo de «Gran Siggi» afirmó con la cabeza y me miró con aire temeroso.

—¿Sabes el número?

—Sí —dijo despacio.

—¡Eh, tío, eh! ¡Venga! ¡Dilo!

Berti tardó mucho en decirnos el número de teléfono de su padre. Tenía miedo de que «Gran Siggi» pudiera estar enfadado por su aventura.

Le entendimos perfectamente. Al fin y al cabo, «Gran Siggi» era nuestro tutor. Por eso Charly se encargó de la llamada.

«Gran Siggi» descolgó enseguida y Charly le explicó, en unas pocas palabras, lo que había pasado. Me extrañó la forma de hablar tan breve de nuestro jefe.

—¿Y? —preguntó Berti finalmente—. ¿Qué ha dicho?

—Primero no dijo nada —respondió Charly mirando el móvil del obispo con aire incrédulo—. ¡Pero luego me dio las gracias! ¡Me dio las gracias, en serio! Y quería avisar enseguida a tu madre.

—¿No estaba enfadado? —preguntó Berti, visiblemente aliviado.

Charly negó con la cabeza.

—No. ¡Y me dio las gracias!

Teniendo en cuenta las miles de veces que Charly y «Gran Siggi» habían discutido, no era de extrañar que apenas llegara a creerse el agradecimiento de su tutor.

Nosotros también dimos las gracias, pero al obispo. Berti incluso estaba a punto de romper a llorar.

—Esperad un momento —dijo el obispo, cuando ya estábamos en el umbral de la puerta de la caravana—. Antes habéis dicho algo de una figura de ámbar. ¿Qué habéis querido decir con eso?

—¡Eh, tío, eh! ¡Que encontré una pero me la robaron!

—Era una antigua figura vikinga —añadí—. Queríamos donarla al museo y, de repente, desapareció.

Los ojos del hombre brillaban.

—¡Una antigua joya vikinga! ¡Es muy raro! Habéis tenido mucha suerte, de verdad. En todos estos años sólo he conseguido encontrar una vez una pieza así.

—¿También se la robaron? —preguntó Charly de nuevo con el cuaderno de notas en la mano.

—¿Cómo? Eh. No. ¿Por qué lo preguntas?

—¡Somos detectives! ¡Agencia de detectives Charly & Company!

—¡Ah! —dijo sólo el obispo, esbozando una sonrisa que ya habíamos observado otras veces en los adultos cuando Charly les contaba lo de la agencia de detectives.

Pero parece que una vez más no se enteró de nada.

—Tenemos tres sospechosos —continuó

Charly, sin alterarse—: Xaver, el señor Jensen y Berti, bueno, quizá a este último podríamos excluirlo —añadió cuando Berti empezó a llorar.

—¿Jens Peter Jensen? —exclamó el obispo—. ¿Os referís a él?

—Efectivamente —contestó Charly.

El anciano negó con la cabeza.

—Jens Peter seguro que no. No haría una cosa así. ¡Jamás en la vida!

—¿Y Xaver? —preguntó Lindi.

El obispo de Fanø soltó una carcajada.

—¿Os alojáis en su *camping?* —preguntó.

Afirmamos con la cabeza.

—Entonces ya sabéis que al bueno de Xaver le falta un tornillo. Se cree que es un vikingo.

—Desde luego —dije suspirando, y pensé enseguida en nuestro baile de vikingos.

—Es verdad que a veces se comporta de manera muy rara —continuó el obispo—. Un pescador me contó que, por las noches, monta en secreto unos bailes para evocar los espíritus de sus antepasados. La mitad de la isla se ríe de él.

De repente, caí en la cuenta.

—¡O sea que era eso lo que había escuchado una vez por la noche! —exclamé—. Tiene que estar muy cerca de aquí.

—Es posible —dijo el obispo—, si no recuerdo mal, el pescador contó que Xaver monta sus ceremonias en un rincón apartado del *camping*.

—¿Y usted cree que necesita la figura de Fede para esas ceremonias? —preguntó Rabanito.

El obispo se encogió de hombros.

—Ni idea. Ya os dije que es un poco raro. Pero no creo que sea un ladrón.

—Yo no estaría tan convencido —dijo Charly, mientras anotaba todo en su cuaderno—. Creo que tenemos un nuevo sospechoso número uno.

Encuentro 12: Thor, el dios del Trueno, en camisón

Durante el camino de regreso al *camping*, casi tuvimos que arrastrar a Berti detrás de nosotros. Al parecer, no se creía que su padre no fuera a echarle una buena bronca cuando volviese de la comisaría.

En cambio, Fede y Charly estaban otra vez totalmente en su elemento.

—¡Eh, tío, eh! ¡Nuestro Precioso! —dijo Fede radiante, mientras acariciaba la media oreja de su mejor amigo—. ¡Encontró a Berti!

—Eso no es del todo cierto —dijo Charly—. El obispo lo encontró.

—¡Pero Precioso encontró al obispo!

—Como quieras. De todas formas, no es lo que más nos interesa ahora. ¡Por fin tenemos una pista!

—¿Crees que Xaver tiene la figura? —preguntó Rabanito.

—¡Naturalmente! ¿Quién si no? Tiene un motivo y tuvo la ocasión. Qué bien que hayamos encontrado al obispo. Ahora lo tengo muy claro.

—También tenías claro que el señor Jensen era el obispo —señalé.

Charly negó con la cabeza.

—Sólo se trataba de una suposición. Pero ahora los indicios son clarísimos.

—Lo único que falta son las pruebas —respondió Rabanito.

—¡Exactamente! Y las tendremos esta noche.

—¡Eh, tío, eh! ¿Y por qué esta noche?

—¡Hombre, Fede! Porque seguro que necesitará la figura para su baile de conjuro. Le sorprenderemos cuando intente entrar en contacto con los espíritus de los vikingos.

—¡Parece una película de terror! —exclamó Rabanito, y se estremeció de miedo.

—¿Puedo ir con vosotros yo también? —interrumpió Berti.

Charly vaciló un instante.

—De acuerdo. Pero con una condición: no

le dirás nada a tu hermana.

—¡Qué guay! —dijo Berti—. ¡No se lo diré! ¡Lo juro!

No hacía falta que lo jurara. De todas formas, le hubiéramos creído.

Erróneamente, Berti temía la ira de su padre. Pero éste estaba muy contento porque su hijo había vuelto a aparecer sano y salvo. Igual que su madre, que no dio muestra alguna de querer volver a soltarlo. Nuestro tutor nos dio efusivamente las gracias otra vez. Era una sensación rarísima, de verdad.

Pero Berti creía que todo iba a ser igual de bonito…

—¡Imbécil! —le bufó Lindi—. ¡Estábamos superpreocupados! ¡No te lo puedes ni imaginar! Si vuelves a largarte otra vez, entonces…

Rápido como un gato, Rabanito saltó en medio de los hermanos.

—¿Entonces qué? —le gritó a Lindi, casi tan fuerte como ella había gritado a su hermano—. ¡Mira quién habla! Si no trataras siempre tan mal a tu hermano, no se hubiera largado.

Lindi abrió los ojos como platos. Jadeaba.

—¡Papá! —gritó—. ¿Lo has oído?

—Sí —contestó «Gran Siggi», y su boca se transformó en una sonrisa satisfecha—. Y tengo que decir que: ¡cuando uno tiene razón, tiene razón!

Lindi miró alternativamente a su padre y a Rabanito. Entonces respiró muy hondo, dio media vuelta y se marchó pateando con rabia.

Ahora seguro que no diría nunca más que mi hermano era mono. Aunque dudo que a Rabanito le importase demasiado.

De pronto, el señor Machwitz se colocó junto a Rabanito y le dio unas palmaditas en el hombro.

—Bien hecho, chico. ¡Hay que cortarlo de raíz!

La señora Machwitz se asustó visiblemente.

—¿Cómo? Sí. ¡Eso es! —dijo entonces.

El resto del día, Lindi no se dejó ver el pelo. Se

juntó con Kitty y Kathy. Y a todos nos pareció muy bien.

Pero, en cambio, no hubo manera de deshacernos de su hermano. Iba pegado todo el tiempo a Charly y quería hablar con él acerca del «plan secreto». A nuestro jefe le costó mucho impedir que no traicionara nuestra acción nocturna.

De hecho, yo tenía previsto dormir un poco antes. Pero como el tiempo había cambiado radicalmente, el sol nos sonreía desde un cielo radiante y en el orden del día figuraba nadar... ¡no pude resistirme!

Así que por la noche, ya en mi saco de dormir, luchaba contra el sueño. Pero perdí la batalla.

Tuve una pesadilla terrible: buscaba a mi hermano desaparecido y tenía que caminar por el lodo que me llegaba hasta las rodillas. Y encima se me acercaba una serpiente.

—¡Pss! ¡Pss! ¡Estefi! ¡Despiértate!

Me costó mucho volver al mundo real. La cremallera de la entrada de la tienda estaba abierta. A contraluz de la luna reconocí a Charly. De golpe estaba completamente despierta.

—¡Maldita sea! —susurré—. ¡Me dormí!

—No pasa nada —respondió Charly—. Hemos hecho guardia por turnos, incluso Berti. Parece que Xaver acaba de empezar su baile.

Estas palabras fueron suficientes para ahuyentar de mi cabeza el poco sueño que me quedaba. Con el máximo cuidado, me deshice de mi saco, dejé a Lindi, Kitty y Kathy en la tienda y salí afuera. Antes de cerrar bien la cremallera de la tienda me aseguré de que mis compañeras continuaran dormidas.

Fede, Rabanito y Berti ya me estaban esperando. Fede tenía a Precioso en los brazos y silbaba flojito. Probablemente estaba tan excitado como nosotros. Dicen que los perros son muy sensibles para estas cosas. Pero, tal vez, era por los golpes sordos que resonaban claramente por todo el *camping*.

—Es curioso que nadie se despierte con esto —dije.

—A mis padres ya les puedes poner fuegos artificiales al lado —dijo Berti—, que no se despertarían ni con ésas.

—Parece que la señora Machwitz también duerme mejor últimamente —añadió Rabanito.

—Mucho mejor —dijo Charly—, así podremos terminar nuestra acción sin que nadie nos moleste. Ya me he informado y los ruidos vienen de allá al fondo.

No hacía falta preguntar qué demonios significaba «allá al fondo», sólo teníamos que seguir a Charly.

A través de las tiendas y caravanas, nos llevó a un extremo del *camping* donde no habíamos estado nunca antes.

—No me imaginaba que el *camping* fuera tan grande —dijo Fede—. Es curioso que aquí no haya ninguna tienda.

—Es probable que Xaver quiera estar tranquilo cuando baila —dijo Charly.

Por lo menos a este respecto, nuestro jefe parecía tener razón.

Los golpes sordos se volvieron cada vez más intensos. Cuando, al final, conseguimos arrastrarnos atravesando unos cuantos arbustos, se nos ofreció un panorama que, desde luego, no olvidaríamos en mucho tiempo.

—¡Eh, tío, eh! ¡Está completamente chiflado! —se le escapó a Fede.

—¿No sería mejor que volviésemos? —preguntó Rabanito tímidamente.

—¡Ni lo sueñes! —jadeó Charly—. Nunca hemos estado tan cerca de resolver el caso. ¡Nada de abandonar ahora!

No sonó demasiado convincente. ¿Pero a quién le iba a extrañar?

Escondidos entre los arbustos y los árboles vimos cómo ardía una pequeña hoguera y un hombre daba brincos alrededor sin parar. No sólo llevaba un casco con cuernos sino también unos vestidos que, al parecer, representaban la ropa vikinga antigua.

Bajo uno de los brazos sujetaba un tambor al que golpeaba marcando el compás. A todo esto se percibía un canto monótono imposible de entender. No obstante, me pareció oír a veces la palabra «*Hallo!*».

—¿Es Xaver? —preguntó Rabanito tragando saliva.

—¿Quién si no? —replicó Charly.

—¡Eh, tío, eh! ¿Pero dónde está la figura de ámbar?

—¡Ni idea! ¡Tenemos que acercarnos más!

—Sobre todo sujeta bien a Precioso —dije a Fede—, aunque su manera de moverse ya es bastante sospechosa.

Acabábamos de echarnos boca abajo para acercarnos un poco más a la hoguera cuando oímos una voz que nos resultó familiar.

—¡Lo sabía! ¡Queríais resolver el caso sin mí!

—¡Hombre, Lindi! —le bufó Charly—. ¡Cierra el pico y échate al suelo!

Para mi sorpresa, Lindi hizo lo que Charly le había ordenado.

Pero fue demasiado tarde. Cuando volví a mirar hacia la hoguera, Xaver había dejado de bailar y nos estaba observando.

—*Hallo!* ¿Pero quién está por aquí?

—¡Maldita sea! —gritó Berti—. ¡Lo has echado todo a perder, burra!

Me pregunté qué era lo que tenía que pasar para que Lindi y Berti dejaran de discutir.

—¡Bueno! ¡Aquí no hay ninguna burra perdida! —se oyó de nuevo desde la hoguera.

—Ahora, todo da lo mismo. El ataque es la mejor defensa —dijo Charly, y se levantó de golpe.

—¡Eh, tío, eh! ¿Qué quieres decir con eso?

—¡Policía! —gritó Charly—. ¡Que nadie se mueva!

Xaver levantó de golpe los brazos.

—¡No he hecho nada! ¡No disparen!

Pero en cuanto vio quién se acercaba, volvió a bajar los brazos.

—*Hallo!* ¡Vaya susto que me habéis dado! ¡Con esto no se bromea!

—¡No es ninguna broma, Xaver! —dijo Charly—. ¿Dónde está la figura?

—¿Figura? —contestó Xaver.

Entonces vaciló.

—¿Acaso pensáis que yo os he robado la figura de ámbar? *Hallo!* ¡Me hubiera encantado poseer una figura de mis antepasados! ¿Pero robarla? ¡Jamás de los jamases! ¡Eso va en contra del honor de los vikingos!

—¡La tiene usted! —dijo Charly con la valentía de la desesperación—. ¡Admítalo!

La hoguera, Xaver de Baviera vestido de vikingo, Charly con su cuaderno en la mano... Todo era tan cómico que esperaba que alguien empezara a reírse. Pero pasó justo lo contrario.

—Por Dios, ¿se puede saber qué está pasando aquí? ¿Quién se atreve a despertarme en medio de la noche? —resonó una voz enérgica en la paz nocturna del *camping*.

Xaver se dio la vuelta asustado.

—¿Quién es? ¿Thor?

—No, mi padre —dijo Lindi en el acto.

Pasaron unos instantes hasta que Thor-Siggi en camisón y gorro para dormir atravesó los matorra-

les, seguido de su esposa, también en camisón pero sin gorro.

—¡Lo sabía! ¡Sabía que vosotros estabais detrás de todo esto! —exclamó nuestro tutor y tiró furioso su gorro al suelo.

—¡Imagínese, señor Schlüter, los niños piensan que fui yo quien robó la figura de ámbar! —se lamentó Xaver.

—¡Vacaciones! —suspiró «Gran Siggi»—. ¡Después de estas vacaciones necesito urgentemente otras vacaciones!

Justo en ese momento crujió algo en la mata al otro lado de la hoguera y el obispo de Fanø apareció con todo su atuendo.

—¡El espíritu del guerrero! ¡Viene a buscarme! —gritó Xaver, mientras la señora Schlüter lanzaba unos agudos chillidos de espanto total.

—Xaver, no diga tantas tonterías —dijo el obispo—, sabe perfectamente quién soy.

—¡Papá, este señor es quien me ha salvado la vida! —exclamó Berti—. Es ese obispo tan simpático.

—Ah, es usted —dijo «Gran Siggi» ya visiblemente más calmado—, le agradezco muchísimo su ayuda.

—¡No hay de qué! Sin embargo, me inquieta un poco la mala conciencia. Creo que tengo algo de culpa de todo esto. Esta mañana, cometí el error de contarles a los niños cosas sobre Xaver. Ahora estaba caminando hacia la playa. Y cuando oí las voces, pensé enseguida que los niños estarían apretándole las tuercas.

—*Hallo!* ¡Soy inocente, señor obispo! ¡Créame!

—¡Más vale que lo diga en comisaría! —exclamó Charly.

—No creo que haga falta llamar a la policía —sonó de repente una voz.

—¡Eh, tío, eh! ¡El señor Machwitz! ¡Vaya susto que me ha dado! —dijo Fede.

—¿Sabes algo de esa maldita figura, Karl-Heinz? —preguntó «Gran Siggi» a su amigo excursionista.

—¡Desde luego! —contestó el señor Machwitz brevemente, y le tendió la mano y la abrió.

—*Hallo!* ¡La figura! ¡La figura de ámbar sagrada de mis antepasados!

No me lo podía creer.

—¿Usted? ¿Usted ha mangado, eh..., quiero decir ha robado la figura?

El señor Machwitz sonrió avergonzado.

—No quería robarla, sólo tomarla prestada. Al final de las vacaciones la hubiera devuelto. ¡Seguro! Pero cuando me desperté y me enteré de que sospechabais del pobre Xaver e incluso se hablaba de llamar a la policía, pensé que no podía guardarla por más tiempo. Es cierto que fue un error cogerla y me arrepentí enseguida. Luego no me atreví a decir la verdad. Pero que sufra una persona inocente por mi culpa, eso sí que no.

Charly miró al señor Machwitz con la boca abierta. Nunca había estado en nuestra lista de sospechosos.

—¿Por qué, Karl-Heinz? —preguntó la señora Schlüter—. ¿Por qué la cogiste?

—De hecho, la culpa la tiene un comentario del señor Jensen. Cuando los niños se fueron a ver al señor Jensen, yo también estuve allí. Entonces el señor Jensen dijo que el ámbar tenía efectos calmantes. Y cuando Fede encontró la figura, la tentación fue demasiado grande. Porque pensé que una figura tranquilizaría más que el ámbar en estado puro.

«Gran Siggi» abrió los ojos asombrado.

—¡Tu mujer! ¡Cogiste la figura para tu mujer!

El señor Machwitz sonrió más avergonzado todavía.

—Así es, mi querido amigo. Duerme muy mal y..., bueno, habla siempre demasiado. Por eso le puse a escondidas la figura debajo de su almohada. Quería estar por lo menos un poco tranquilo durante estos quince días. Además, pensé que esos pies tan grandes y la boca también enorme le sentaban muy bien a mi mujer.

—¿Por eso robó la figura? —preguntó Charly desilusionadísimo.

—¡Eh, tío, eh! ¡Yo lo entiendo!

—¿Y qué? ¿Sirvió de algo? —preguntó el obispo.

—¡Claro que sí! ¡Es la única que aún está durmiendo! —contestó el señor Machwitz.

—¡Eh, tío,eh! ¡Incluso le ha dejado alguna vez terminar las frases!

—¡Sí! —dijo el señor Machwitz con una sonrisa feliz—. ¡Qué fantástico!

Para nuestro tutor fue demasiado. A pesar de que no hay mucho de qué reírse con él en clase, en ocasiones le habíamos oído soltar una carcajada, pero nunca jamás como ahora. Se agarraba la barriga de tanto reír y las lágrimas rodaban por su cara redonda.

Apenas se hubo calmado un poco cuando oímos la voz de la señora Machwitz.

—¿Dónde estás, Karl-Heinz? ¡Ya me he despertado!

Fue suficiente para que nuestro tutor tuviera otro ataque de risa.

—Me alegro de que te lo tomes con humor —dijo finalmente el señor Machwitz, con algo de tristeza—, pero para mí, los días felices ya pertenecen al pasado.

—No necesariamente —intervino el obispo—. De un ámbar normal seguro que también surge el efecto tranquilizador. Venga luego a verme. Buscaremos en mi colección un ámbar bonito para su mujer.

El señor Machwitz miró al obispo de Fanø con ojos radiantes.

—¡Muchas gracias! Me está salvando las vacaciones.

—¡Eh, tío, eh! ¿No tendrá también un ámbar para Charly? No le vendría mal un poco de calma.

—¡Pero necesita una piedra muy grande! —añadió Rabanito.

—Por lo menos de unos veinte kilos —concreté.

—No creo que sirva para nada —dijo riendo nuestro tutor, y se secó las lágrimas de los ojos de tanto reír—. A no ser que lo cubramos completamente de ámbar.

—¡Adelante! ¡Podéis seguir bromeando! —dijo Charly—. ¡Pero de todas formas, una vez más hemos resuelto un caso!